纸上书

ZHI
SHANG
SHU

李瑞雪
千寻
著

台海出版社

图书在版编目（CIP）数据

纸上书 / 李瑞雪，千寻著. — 北京：台海出版社，2023.9
 ISBN 978-7-5168-3583-8

Ⅰ. ①纸… Ⅱ. ①李… ②千… Ⅲ. ①长篇小说—中国—当代 Ⅳ. ① I247.5

中国国家版本馆 CIP 数据核字（2023）第 110163 号

纸上书

著　　　者：李瑞雪　千　寻	
出 版 人：蔡　旭	封面设计：谢蔓玉
责任编辑：王　萍	

出版发行：台海出版社
地　　址：北京市东城区景山东街 20 号　　邮政编码：100009
电　　话：010-64041652（发行、邮购）
传　　真：010-84045799（总编室）
网　　址：www.taimeng.org.cn/thcbs/default.htm
E – mail：thcbs@126.com

经　　销：全国各地新华书店
印　　刷：涿州汇美亿浓印刷有限公司
本书如有破损、缺页、装订错误，请与本社联系调换

开　　本：880 毫米 ×1230 毫米	1/32		
字　　数：238 千字		印　张：7.875	
版　　次：2023 年 9 月第 1 版		印　次：2023 年 9 月第 1 次印刷	
书　　号：ISBN 978-7-5168-3583-8			

定　　价：59.80 元

版权所有　翻印必究

一别天下，
只为一支兼葭。

李瑞书
2023.7.10

自序
——关于《纸上书》

　　大概是某年的冬季，我无意中听到一首歌，歌词只用简单的文字组合，便将歌曲的魅力淋漓尽致地表达了出来。我当即将歌曲链接转给千寻，说我非常喜欢，希望他能写出这样的歌词。

　　千寻一个字都没有回复。

　　我自觉有些任性而为，但并不后悔。我对文字的无限热爱，千寻知道；歌词用字用词的功底，想必写歌词的千寻比我还清楚。

　　说不清过了多久，千寻作词的歌曲《纸上书》上线了。

　　听到歌曲、见到歌词的那一刻，我想到

了我曾经喜欢过的那首歌，但《纸上书》的歌词绝对不同于那一首。这立意独特、视角独特、文字走心的歌词，生发出浓郁而悠远的书卷气，彰显出整首歌的深厚意蕴，层次分明且情真意切，再加上演唱者饱满到位的诠释，无疑，这已不是我曾经喜欢过的那首歌所能相比的。而那一首歌，我连名字都忘得一干二净了。

于是，这首词、曲、唱均超凡脱俗的歌曲，便如一泓清幽的泉水，从山间汩汩流淌成一片汪洋。

放眼看去，到处是水到渠成般的创作灵感，仿若一夜春风吹来，便花开万树，让人有了一份不能忽视的惊喜。隐约当中，一部长篇小说的雏形，几乎在瞬间形成。

纸上书。

何不写一部同名的长篇小说？

由这样一首歌作为开端，用中华民族传承了千年之久的文字，书写值得歌颂的、适宜久藏的各种美好，展现人生故事以及生命的蓬勃。

有何不可？

又何乐而不为？

歌曲、长篇小说，抑或是电影剧本，只是在文字表达形式上不同，至于本质，又有何异？

都是中国文字承载着的人间美丽。

都是种子发芽后的开花结果。

写作的过程，必然会艰辛，会有各种困难险阻出现，但也会有温馨隽永的美好。

于是，一位生活在多元化时代的年轻追梦人，在都市生活的浮沉中，在寂寞无声中成长、成熟。让人感慨的，不只是他追梦时的信马由缰，事业发展的风生水起，还有更多不为人知的、躲在角落里的伤悲与孤单。难过的，喜悦的，都成了过眼烟云；好的，不好的，都在故事里成为过往。

时代的脚步实在是太快了，身跟不上，心更是跟不上。一个"快"字，是生活节奏的快，快乐会失去的快，拥有和把握不住的快，以及各种来不及赏看便消失不见的快。生活是残酷的，对任何人都毫不留情，才让人忐忑、恐惧。毕竟，命运不可能对任何人报以长久的微笑，而人性，又实在太脆弱。

自保或是自爱，在这样的时刻，便显得尤为重要，因为被伤害，是人生常态。但人生的美无时不在，此一时彼一时，都不相同。也正是因了这些，才可以让人在无数个未知里，收获快乐，就如这一首《纸上书》带给我的酣畅淋漓的感受。

抛开一切不愉快，以一种平和之心，将美好的希冀贯穿故事的始终，是一种浪漫。

一别天下，只为一支蒹葭。

这带着远古风雅的句子，顷刻，便成为这部小说通篇的主旨。没有过多思索，灵感就顺着指尖，流淌到电脑的空白文档里。那一天，是 2021 年的 8 月 1 日。

头一天我完成上一部小说所有的文档，本想好好休息一个月，怎么休闲都行，最好是不写字。可是，半夜零点我却突然醒来，打开了电脑，以最快的速度，写出这个有了框架也有了眉目的长篇小说的雏形。

或许是因为要写这部小说时，正赶上千寻在去西藏采风的途中，我有感而发的一些思绪，便成了小说故事的经纬脉络。框架结构、细节填充、人物设置，都在这一创意的引领下，被确定下来。那位到城里做生意失败的青葱少年，失望沮丧时，因那个不期而遇的尘缘邂逅，不仅坚定果敢地重启了自己的人生，而且由此走上了适合自己的人生道路。

我当即把这些设想发到朋友圈，即刻收到我高中时的语文老师发来的她在大连拍的很多蒹葭的照片。

银白的芦苇，傲然于风中，一如外柔内刚的男主人公，又恰如女子柔情似水般地立于河岸，在旷野中，一边展现着生命的鲜活蓬勃，一边思索着生命的意义和价值。它们虽然默默无闻，不如花儿般争奇斗艳，却有着灵魂特立独行的安然。

没有缤纷的色彩，却别有一番绚烂。这绚烂，成了故事里裁缝少年的偏爱，因此他的设计作品在温暖自己的同时，也使他人的心灵被震撼。

《纸上书》的歌词里，写到了冬天的白雪、煮酒、灯火，而准备写这部小说时，正是立秋的前几天，那就从秋天开始写好了。

写着写着也就到了冬天。

到了冬天，就会有漫天飘舞的雪花。那时，夜晚的灯光之下，墨落于笔，字落于纸，一切便都有了各自该有的归宿。

由此，我不得不为了创作，做更加认真的思索，关于责任、担当、信念、前程等的思索。因为，这世间有太多的人，在失败和沮丧时面临着抉择：是就此倒下，还是由此获得重生。小说里的男主人公吴桐的人生走向，看上去好像是顺其自然，实则是命运安排下的别无选择。在其人生的关键时刻，在火车站阴差阳错地邂逅了他命中注定要遇见的虞美儿，一切，重新开始。

无疑，失意青年在接下来的日子里，依然是一路的颠簸以及种种的不如意，但是，生活已经不再是简单地重复从前。虽然不是极其幸运地直线上升，但螺旋式的上升，依然可喜可贺。命运如此操盘，是为了让幸福平等地眷顾每一个为之付出努力的人，这就像春种才能秋收一样。一如我现在写的这些文字，写，才能有故事；不写，只是停留在想象中，绝不能成书。

我相信，这样的一本书能让人意识到，自己的不成功怪不得他人，自己的不努力，才是问题的根源。

只是，太多的人不自知。

由此，不幸便总是缠身驻心。

由此，幸运便总是难寻难觅。

究其原因，其实，不过是因为一个"爱"字。

好的人生，是爱，是付出，同时也懂得珍惜，仅此而已。因为人生不复杂，复杂的是一个人总想着自己，还抱怨命运的不公，这便衍生出很多的烦恼和忧愁。

说到这部小说，就不得不提及与千寻合作的另外两部小说。一部是长篇小说《袭人香》，写的是作家品茶写字时的那份淡淡忧伤与心怀希望的庆幸安然；另一部是长篇小说《穿越岁月的诗》，写的是一位年轻诗人的风骨与诗人在俗世傲立的坚强。而这一部由千寻作词的歌曲而生发出的小说《纸上书》，则是尽力把文字写得与歌词相呼应，如同水与墨般，在烟雨朦胧中若隐若现，纯洁唯美。书中美的不仅是文字，还有女主人公穿的一件件美丽的衣服。当然，很重要的一点，衣服必须是男主人公亲自设计、制作的，由他裁剪制作出来的完美衣裙，充满着缠绵的爱意。

不依靠他人，极力向内追求获得感，达到自己内心的满足，这就是这部小说的内核。因为，每个人的人生都不可能一帆风顺，但因此抱怨或不开心，实在大可不必。每一天的日出日落，每一次的风吹草长，都在向人们昭示生命本身的鲜活蓬勃。人生无论有怎样的命运，都没有任何不热爱它的理由，更何况每个人的生命都无上宝贵。

这部小说几乎是一气呵成，这个故事，有别于那种有个开头便可见结尾的照本宣科式的写作。在小说结束的那一刻，你会发现，故事才刚刚开始。

之所以会有这样的感受，是因为生活还在继续，人类生生不息的脚步一刻都不曾停止。即便太阳落山了，黑夜来临了，所有的人都进入了梦乡，醒来时太阳还会升起，生活还会继续，或许是原来生活轨迹的重复，或许是与原来的生活没有任何瓜葛的崭新天地。生活，往往就是这样，在悄无声息中，改变了原来的面貌。

我要将一份感谢，献给千寻。还记得，最初写这个作品的故事梗概时，遇到了一些障碍，我便将乱而杂的故事构思截图发给千寻。当时，千寻还在拉萨，一向很有创意的他，给了我鼓舞，与我一起讨论故事的走向、立意和最后的结局，进行一些前期构想。

写到中途时，我对小说的未来走向有些迷茫。千寻说，成功之前总要经历一段痛苦的过程，他会给予我一路的奉陪与鼓励。我想，在这样的鼎力支持下，又有什么样的困难不能够战胜？

这好比追梦的路上，原本就是人山人海，即便付出了很多的努力也不一定得到预期的结果，但是，不努力，不付出，连获得结果的资格都没有。

因此，我希望这大千世界的芸芸众生，能因这部小说获得一份精神支撑。像春天山野里长出的成片竹林，如大雪覆盖下的肥沃泥土，像被秋风带走飘落的种子，虽然所处的环境不能由自己做主，但是，它们可以在四季的风雨中暂时安定下来，在寒冷中坚强等待，然后，在温暖到来的那一刻，开始属于它们的生命之旅。

记得刚与千寻联合编写电影剧本时，偶然当中，我谈及了因为一心想写好电影剧本，不愿再进行长篇小说创作。千寻说，可以将完成的电影剧本再改成长篇小说。

就是这样一句高屋建瓴的提示，一切好像都在顷刻间被阐释明了，余下的便是义无反顾地一路向前。

这个故事从开始的大纲，到之后一行一页一章的延伸扩展，是自然形成的。因为有了一个开始，必定就会有一个过程，有了一个过程，就注定会有一个结局，一切，都是顺其自然，水到渠成。

我相信，用不了太久，这里的文字，便会以一本书的形式，以它最完美的样貌，伴着优美动听的歌声，完完全全地呈现给读者。

我曾经因为某部长篇小说开篇的三句诗而买下了该书，觉得这种表达很别致，也很有文字的魅力。之后写作小说或剧本时，我不免添了一个新习惯，在字里行间写下些许诗句，让文字拥有一些诗情画意。于是,我便想起了要在这篇序文里,加一首诗,这样才能与小说正文遥相呼应,最重要的是,好像以此才可以与才子千寻写的歌词靠近一点。于是,就有了这首《一诗一词》。

　　总想说一句谁都听不懂的潜台词
　　将其真意
　　交给以心会心的禅诗
　　让心事
　　行路不绝
　　婉转变通着说辞
　　让语言不断地泼香墨满纸
　　用力透纸背的真心真意
　　包括用字
　　使每一词每一诗每一个故事
　　都渐行渐远于心底的归思
　　不是淡化
　　是一心一念一春天的温暖主旨
　　都能一一落笔为
　　一南一北地相望彼此

　　天上有云飘过有雁飞过
　　是再续过去的共识
　　成为心知肚明的未卜先知
　　让心于四季

跟着相亲相爱的字句

杯杯烈酒粗茶演绎着欲言又止

是随性随缘的一种顺势

是半醒半梦的明朗如是

却

不得不习惯成自然地如此

因为自省和自律

是自己给自己建造的一座座堡垒和城池

一把开心的锁

一把心形的钥匙

才是双向奔赴必须有的诚挚

守心如玉

才可似醉如痴

守望相助

才能成全束缚与被束缚平衡制约的公式

让无休止的飞翔展翅

烙印成心海浪漫的朝花夕拾

纵便只是一些文字

何尝不是将芸芸众生的爱与被爱

都书写进昨日今天和未来的历史

　　我想，用这样一首诗，做这部小说前序的结尾很适合。一方面，它可以证明我对于千寻歌词的喜欢；另一方面，也可以体现我写作时候的一份欢喜。

文字，是承载情感的载体，就像这部小说一样，披着唯美的外衣，表达的是对生命美好的敬畏，对生存深度的理解，当然，还有对生活琐碎的无限热爱。

李瑞雪

2022 年 6 月 20 日

纸上书

作词/千寻

作曲/钧泽

演唱/安九

窗外飞雪　江山白了一片
屋内微寒用回忆取暖
炉火煮酒　一沓宣纸在案
研墨写不尽对你的痴癫

借你姓氏　刚好做了开篇
一笔一字再一句一段
墨色渲染　素纸写作相思卷
收笔时第一滴墨还未干

纸上书　写不尽这一别已经年
天涯遥遥　唯明月照故园
平仄有韵千字诀　见字如面
转身回眸　灯火夜阑珊

纸上书　约尘世再相逢于何年

岁月长长　又怎叙悲与欢

若还能执手相看　已无泪眼

缘深情浓　花好月正圆

（歌曲《纸上书》已于 2021 年在酷狗、QQ 音乐等平台上线）

— 目录 —

001_
第一章 / 一别天下

吴桐在火车站犹豫是否回县城老家时，一位女士不小心掉落的一沓信让吴桐不得不追出火车站，却没见到女士的踪影。吴桐决定不回老家，开始新生活，租房时却发现那位丢信的女士正是自己的房东，名叫虞美儿。吴桐在房间里发现了可以制作服装的缝纫机、布料等物件，他问自己是否可以使用它们，虞美儿给出的条件是必须给她做漂亮衣服。吴桐将信件物归原主，却被虞美儿随手丢进垃圾桶。吴桐领小狗卡卡出去玩遇到邻居芋头，吴桐主动打招呼，芋头却说吴桐可能住不长。

033_
第二章 / 只为一支蒹葭

吴桐发现房东所说的红木箱里有很多自己可以使用的布料，非常开心，一夜之间，便设计制作出了自己想象中的作品。虞美儿的妈妈夏沐兮借口取东西来老宅查看，见租客是一位年轻的男士，心有不满。见了吴桐的作品后，她在离开时有意没锁自己房间的房门，并示意吴桐房间床下的木箱里有他可以使用的东西。吴桐听了，心里虽然高兴，却一口回绝了。吴桐对自己的未来又有了新的设想，见中秋在即，便去接管"梧桐服装"的"逍龙时尚"看看，不想，受到了新店家的冷落。

069_

第三章 / 把酒问天涯

中秋之夜，吴桐邀请芋头喝酒，顺便也邀约了虞美儿。不想，在小酒馆里，虞美儿与芋头相见后，都愤然离开了。自讨没趣的吴桐，在不明所以中喝了一顿不开心的闷酒。回家时途经芋头家，他借着酒劲儿进去了，发现芋头竟然是一位值得敬重的雕刻家。看着芋头家满屋的雕刻作品，吴桐对自己的未来更有信心了。吴桐采集天然植物染料染布，设计制作出一件长裙，虞美儿爱不释手，开心地穿上，并邀请吴桐喝酒蹦迪以示衷心感谢。美丽的新衣被迪吧音乐人郝歌相中，直接打款给吴桐让他定做同款。

111_

第四章 / 浪漫的夜宴

虞美儿对"梧桐服装"的欣赏，让吴桐灵感迸发，着手设计新系列服装。虞美儿打来电话，让吴桐送最初设计的那条长裙给她参加服装秀的展示。吴桐一路狂奔到虞美儿表演的现场，看着穿上长裙的虞美儿，犹如静静开放的一朵黄菊花，与现场琳琅满目的灯饰一起交相辉映，不禁心生爱慕之情。活动结束后，主办方项目负责人苏杭邀请吴桐一起参加庆功宴。吴桐恍然间觉得，被虞美儿丢掉的信件，应该与苏杭有关。回到家，吴桐将信件打开看过之后，便彻底失眠了。

— 目 录 —

149_

第五章 / 柴米油盐酱醋茶

　　吴桐决定与徐逍龙、陈晓薇建立服装营销战略联盟，刚开始便幸运地与一家服装厂开展了集设计、制作、销售于一体的线上线下一条龙合作，不想，却因为极端天气的影响，让参与其中的所有人都受到了经济和心理上的重创。虞美儿知道后，通过自己工作的广告平台，将积压的服装以反季促销的方式销售，不仅开拓了新领域，还让吴桐因此受聘为服装厂的创意顾问。大家在吴桐的住处举杯欢庆时，那沓信件的谜底也随之被揭开。

187_

第六章 / 爱情的法眼

　　春节将至，吴桐准备回老家，将卡卡托付给邻居芋头，却在火车站意外遇见了因吴茉引起误会而不理自己的虞美儿，两人默默地为这份不解之缘感到惊喜。此时，夏沐兮打来电话，说家中着火了，吴桐担心老宅的火情，虞美儿却担忧吴桐的设计图册和服装，俩人都被对方情急之时的真情感动。吴桐拿出随身带着的设计图册和服装送给虞美儿，虞美儿终于放下了心。他们一起返回老宅，见芋头在拆两家之间的院墙。经历过一系列曲折之后，他们发现，各自心中都有一朵爱情之花正在盛开。

226_

后记

第一章 一別天下

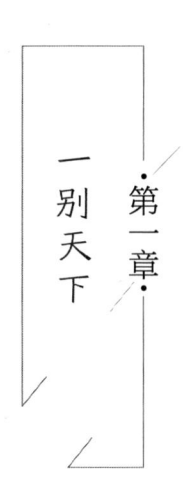

一

吴桐坐在火车站售票大厅的椅子上，眼神木然地看着前方的电子屏幕，一个个或陌生或熟悉的地名以及发车时间、进站时间机械地滚动着。背着各种行囊的赶路人也都面带着不同的表情，来来往往，没有一刻停留。

吴桐知道，这些形形色色的人们，虽然大多数都衣着得体，但都十分普通，没有所谓的时髦感。诚然，在这样的地方，时装、时尚、个性张扬等，都被疾行等待中的各种情绪所忽略，甚至是被湮灭。或许，想看到那独具特色的服装或造型，也只能在繁华的购物商场中，或是在节假日的各个景点里，才能一饱眼福吧。

事实上，此时吴桐的思绪早已游离于身体之外，到达了另一个维度。他冷眼旁观着此刻的自己，一如刚刚来到这座城市的时候，用表面的镇定掩饰内心的慌乱。甚至有些时候，面对别人的疑问、冷漠或嘲讽，他多是用一种无视的姿态，作为唯一的回应。或许，只有吴桐自己知道，他的内心是在怎样的痛苦中纠结、挣扎、抵抗吧。这些积压的情绪全都成了心事，变成了他不为人知的秘密。想到这里，忽然间，吴桐有了想流泪的冲动。或许，流泪可以缓解自己的情绪，但是他不能流泪。眼泪解决不了问题。他不得不坚强。

可他始终无法将自己调整到很好的状态，只能一边无力地审视着众人身上的着装，一边在内心里苦苦地挣扎。于是，火车站里的一切在此刻被无限放大。千篇一律，没有新意，让他无比在意，也很是沮丧。他下意识地动了动身子，从左边挪移到右边，再从右边挪移到左边，可还是在这一亩三分地里。

乡里人的穿着，包括自己回家后的精神状态，不用细想，也可以了然。下意识间，吴桐用鞋尖儿踢了踢拉杆箱。他觉得这世间即便有好事，也不会与自己有关。

这样想着时，他茫然地环顾周遭，突然想起了一直想跟自己来城里打拼的堂妹吴茉。吴桐觉得自己有必要在这个时候给吴茉打个电话。只是，要对吴茉说什么呢？告诉她，自己在城里没有发展好，自己要回县城老家了。他犹豫了起来。或许，吴茉已经来了，像当初的自己一样，不顾家人的反对，带着满怀的希望，来到了这座城市。吴桐想起了离开家时，妈妈满脸愤怒地狂吼了不知有多少遍的那句话："不成功你就别给我回来。"这样一想，吴桐即刻又有了不请自来的精气神。

"回来也不是不可以，你拿走了家里多少钱，就必须再给我带回来多少，缺一分都不行。"这句话是吴桐离家的那天早上，妈妈说的。当时，妈妈正在厨房做菜，一边炒着鸡蛋，一边愤怒地说着。吴桐刚进屋便听到了妈妈的话，当时非常生气，觉得妈妈是故意说这些难听的话的。

想着想着，吴桐又变得无比沉重。或许，此刻在火车站会比之后回到家里轻松很多。

二

吴桐进城时，动用了爸妈给他将来结婚盖房娶妻生子的钱。父母当时都不同意，故而大家闹得很不开心。吴桐知道，这些钱浸透着爸妈多年的汗水，沉甸甸的。到头来，却被他全部拿来追梦了，且现实也给他当头棒喝。"梦幻泡影！"吴桐想到这四个字时，觉得大屏幕上滚动着的字，都像是在嘲笑他似的，虽然亮闪闪的，却很像爸妈的表情，有亮度却没有温度。

吴桐看了看自己的行囊，跟来时几乎没有任何变化，只是心绪有了天壤之别。

那时的自己被火车站落地玻璃窗外的繁华所吸引。他以为那些繁华可以将自己带来的钱变成更多的钱，可以将自己当初的一个人，变成后来的身边有人陪伴，然后，让自己在这片繁华中，安心地安营扎寨，且获得安身立命的落脚之地。再然后，功成名就之后，跟陌生的人和熟识的人，像电视剧里见到的那样，讲一讲自己努力打拼的曾经，讲一讲自己成长成功的历程，再将自己不抛弃不放弃的勇敢与果敢，都归咎于自己的幸运。最后，面对再不跟自己吼一声的爸妈，炫耀着自己的骄傲和自豪，像很多自己曾经羡慕过的、崇拜过的、模仿过的有识之士那样，将自己人生的色彩，涂抹得更加绚烂，有如一幅幅画卷，或干脆就是一首又一首动听的歌曲。

吴桐有些说不清自己，究竟是好高骛远，还是简单幼稚，抑或真的是命运不眷顾，或自己压根儿就不是那块料。他不由得叹息了一声。吴桐无论如何也没有想到，绚丽缤纷的喧嚣吵嚷中被自己忽略的冷漠、残酷与无情，竟然让吴桐深切地体悟到，他乡再怎样具有魅惑力，对自己而言，依然是可望而不可即。即便自己依然身处其中，仍然感觉不到它的温度。

原来希望只是个人的一厢情愿，或许离开也没什么不好，至少不用交房租，不用花钱买饭、买菜、买水、买车票，不用整天看城里人忙碌地生活，更不用听城里人怎样一边享受着优越悠闲的生活，一边说无聊心烦。最重要的是，离开让自己怎么想都不会有前途、有希望的"梧桐服饰"，可以让吴桐尽早地抽身远离危机四伏且随时随地都有可能被这个时代所吞没的最坏结果。吴桐虽然舍不得眼前的这一切，但他也知道，在这偌大的城市里，别说是少了一个吴桐，就是少十个，多十个，都不会有什么细微的变化。

当然，他可以不回家，去另外一座更陌生的城市，让一切从零开始，也不失为一个全新的开始。只是，真的从零开始又能怎样？或许结局也像此时此刻一般，闯荡了很久，却毫无成就。唯一改变的就是，从家里带出来的钱，少了将近一多半，而剩下的这一小半，如果再这样闯荡下去，他相信，用不了太久也会不再属于自己。

这三年，带走了吴桐来时的无畏、无惧。他很害怕，已经几乎快被放弃的理想，这时正在吴桐的思维里，甚至是在吴桐的生命中，不再美好。他知道，只要自己站起身，走到售票窗口，只要买一张可以回家的车票，自己便会被这座已经穿梭其间往来了三年的城市彻底抛弃了。

吴桐站起身，拍了拍裤子，调整了一下背包的带子。已经深秋了，身上的衣服还是春天买的那件纯棉T恤，乌金的颜色，早已被洗得发旧发白。衣领上，左右各有一个指甲大的圆扣子，也是吴桐一直喜欢的贝壳粉。此时，这过于温暖的颜色，在吴桐无精打采的沮丧里，闪着唯一与吴桐的希望可以对峙的光亮。

想，永远都是想。

想的结果，就是没有结果。

三

吴桐走向大门西侧的应急物品出售柜台。或许，这就叫离开前的狼狈，或叫离开前的最后挣扎。

吴桐走到柜台处，见还算是齐的生活急需品，却都与自己的心情无关。吴桐觉得，自己才是这座城市的资源，但这仅仅是吴桐的自以为是。这时的吴桐，只能冷眼看世界，然后，在不知何时的何时，做出自己的最后决定。

这时，一位身形纤长、体态柔弱的女子，身着一件克莱因蓝的长风衣，背着一个石蓝色双肩背包，脚下着一双黑色漆皮短靴，一路小跑着冲进了大门。吴桐的眼前一亮，他的目光不禁被蓝色的背影所吸引。

吴桐的职业习惯，瞬间被激活了，仿佛刚刚跑过去的，不只是一个穿了一件时尚服装的女子，而是一款中西结合的设计作品。比如那风衣的蓝色，不过才诞生了几十年，却风靡了世界，而那古石色彩的石蓝色背包，不过是一种比风衣还简洁的创意设计，却带着让吴桐不得不刮目相看的韵致和飘逸。虽然那女子的身形显得柔弱了一些，从而削弱了那两种色彩结合在一起的力量，但是在吴桐看来，冷色与冷色的搭配，有时就会有这般不可思议的效果。

这匆匆跑过的身形及着装，在吴桐的视觉感悟中，瞬间产生了种种关联。于是，有关色彩、布料、制作，包括与之相关的人或事，一股脑地在吴桐的脑海中一一浮现。

　　吴桐再一次，在这样的场景中，被自己的想象力和创造力所震撼。他即刻回到原来的位置，但不是继续思考，而是看手机里保存的各种与色彩搭配相关的图文资料。可是，吴桐却鬼使神差地打开了手机空白文档，将心中所想一一记录下来，但不是文字说明，而是一首诗：

　　　　克莱因蓝
　　　　这颜色的盛宴
　　　　一如身在北方的严寒
　　　　心里却想念着田田江南
　　　　意欲在某个大雪纷飞的天
　　　　将这难以提炼饱和度的美颜
　　　　铺陈到眼前
　　　　让其成为飘雪的背影
　　　　让纯净与纯洁缠绵着浪漫
　　　　像灵魂的此岸
　　　　只能与相应的彼岸相见
　　　　使得一水之隔的陪伴
　　　　每时每刻
　　　　都能传递书信的鸿雁

　　吴桐发送出最后一个字，看着刚刚还一个一个在手机屏幕上不停跳动的字符,只这一小会儿,便成了一首行云流水的诗。他很兴奋,虽然大厅里不可能有任何一人可以感知吴桐的兴奋点,但那些字、那些句,都可以感知,都可以印证。

"我的好诗。"吴桐举起手机,这些星星点点的字变成了流光溢彩的服装,且都带着可以让他如梦幻般沉迷其中的色彩与诗意,让吴桐突然间下定决心,不离开了,继续留在这座城市里。

吴桐相信,这是冥冥中的命运引领。原本,他还在犹豫、挣扎、纠结。毕竟,"梧桐服饰"已经兑出去了,"梧桐服饰"已经不属于他了,"梧桐服饰"已经有了新的主人,在"梧桐服饰"帮忙的助手陈晓薇,已经跟新店家一起同命运了……

吴桐整理自己的行装,准备起身离开。随着一阵急匆匆走路声和说话声从旁边传来,"多亏我还没上车,不然,别说是回来,就算是接你这电话……",突然间一沓捆在一起的信封落到了吴桐的脚边。吴桐捡起那沓信封,再抬头时,却愣住了。

"克莱因蓝?"

而这些信正是吴桐刚才看到的穿着克莱因蓝长风衣的女子所落下的。只见,那女子一边打着电话,一边匆忙奔向大门,似乎是感应到了什么,她还回头看了一眼。

吴桐急忙追出了大门。

四

"喂,你的东西……"

吴桐冲着克莱因蓝长风衣跑出的大门的方向呼喊着。可明明应该是人群中十分显眼的存在，此刻却一点点踪影也没有了。

　　"上车了？"吴桐心中纳闷道。他立即看了看周遭的车辆，可始终没有搜寻到那一抹克莱因蓝。他茫然地站在人流攒动的小广场上，长长地呼了一口气。

　　他回身看了一眼刚刚冲出的大门，想起了当初的自己是怎样的满面春风、满怀希望、满脸欢笑地推开这一扇门，一头冲进这个城市的。只是，这一次，吴桐的身心都有了一丝疲惫感，茫然而无方向感。他看了看手里的那沓信件，用一根淡蓝色的丝带缠绕着。吴桐感觉，这似乎是命运给他的某种指引。

　　他见十字路口东西方向的车辆正在等待指示灯，便快步走上了行人斑马线，来到了马路对面。这时的火车站，就在吴桐的身后，与他隔着一条宽阔的马路。远远地看过去，似乎是陌生的远方，让吴桐心生逃离之感。

　　此刻的吴桐猛然悟懂了一个道理，离开就是撤退。虽然脚下不缺可以行走的道路，但是他确信，这世间的每一条道路都不容易，而自己唯一能做的就是一直走在路上。

　　离开的狼狈，会比留下的痛苦还沉重。

　　吴桐准备在最短的时间内，把自己要在天黑之前必须办理的各种事宜都办理了，比如，在某处住下，住下之后，让自己的一切尽快重新开始。

五

开始，谈何容易。

"SH 收！"吴桐看了一眼手中的信封，发现每封信的左上角，都写着相同的英语字母和一个相同的汉字。吴桐打开最上面的一个红色信封，里面是两张叠在一起的信纸，信纸上，只有"你好"两个字，然后便空空如也，倒是信纸下方，有印刷体的行草小字，是晦涩难懂的一句古诗，古诗下方有一只小鹿，小鹿的神态与诗句不但不协调，还很牵强。吴桐又打开了第二个，依然是两张叠在一起的信纸，依然是"你好"两个字。吴桐将信纸叠好，放回信封里，再无心看一眼。

只是，吴桐的思绪却跟着那条捆着信封的丝带，游离于莫名的恍惚中。他站在马路上，茫然地看着来往的车流，一辆跟着一辆，大的、小的、白色的、黑色的，永不停息般地永无止境地行驶，这让吴桐感受到一种不能停止的紧迫感。眼下不是暂缓、暂停，而应该是提速或加速。

吴桐看着身后黄绿相间的铁艺栏杆，不高，也很单薄，但是却能在风雨无阻中，傲然挺立在车辆行驶的道路上，成为一种天然屏障，用自身并不是牢不可破的身躯，在马路上最大能力地彰显着自身的价值。这本是司空见惯的，再普通不过的城市景观。这一刻，每一段栏杆，每一根立柱，每一种色彩，在吴桐的眼里，都成了一种启示、一种警示。

吴桐看了一眼火车站，它是在陌生城市里，很多人的第一个落脚点，或者说是很多人来陌生城市留下的第一印象。如果火车站也如高人一般，有血有肉有智慧，那么火车站对于吴桐来说，既是愿意护佑吴桐的贵人，又是再次为吴桐接风洗尘的亲人。锲而不舍，不负韶华，吴桐脑海里突然间闪过这几个词语。这是古人的先见之明，也是这一刻他内心深处的呐喊。

于是，他的内心深处涌现出了一股无法遏止的渴望，让他转过身，随手从公示栏上撕下一个租房电话的号码条。

诚然，大不了一切从头再来。

六

"喂，你有房子要出租吗？"电话被接通的那一刻，吴桐心情明朗地问。

"你可看好了我这房？是一处老宅，不是市中心，位置特别偏。"吴桐听到电话里一个女声在说，声音比吴桐的还明朗清脆。

"特别偏？"吴桐一边回应电话里的声音，一边回身看了一眼刚刚没注意看的那些广告信息。吴桐这才发现，张贴的广告上除了标有所谓的价格低廉、屋内各种生活设施齐全之外，还有冬暖夏凉等介绍，一行一行地看下来，吴桐才在结尾处，看到了更明显的标注——偏僻。

这种时刻，对吴桐来说，偏，不代表不能居住。或许，只有偏才能远离喧嚣，只有偏才能带给吴桐某种解脱。吴桐甚至认为，在自己的潜意识里，广告上"偏僻"的标注，才是最吸引自己关注度的所在。

"没关系，偏点儿肃静。"吴桐又回应了对方一句。

"能不能看房？"吴桐问。

吴桐觉得，这种时刻，在这座城市，有个地方可以坐下，可以吃点儿自己想吃的，或躺下，什么都不想地睡一觉，这是十分可贵的了。

"我现在能不能去看房？"吴桐又问了一次。

"看房可以，但是你必须想好了，才能去看，别我一打开门，或你还没进院，就不想看了，大老远的，我没时间。"

对方在电话里说了一大堆，这让吴桐觉得，这些啰里啰唆都没有什么必要。毕竟，在这种时候，对吴桐而言，去哪儿或在哪儿，都不重要。只是，此刻电话里已经没有了声音。

电话被对方挂断了。吴桐只好继续看广告栏上的租房广告，可是所有的广告一一看过来，都是扬扬自得地展示自己的房子，如何的地处繁华地带，如何的交通便利，如何的适合工作、居住，等等。这些租房信息，在吴桐内心产生了激烈的竞争。

租还是不租，嫌不嫌偏僻？最终他还是敲定了答案。他又再次拨打了那个偏僻住处的电话号码。

七

"希望广告上所有的字你都认真看清楚了。"吴桐说明了自己还是刚刚打电话的那个人之后，便听到了对方的回复。那声音没有惊讶，也没有热情，倒是显得比之前更加不耐烦，好像租房子的人不是吴桐，而是她。只是，对方越这样，他的心绪就越显得平和、冷静。因为吴桐觉得，这种态度和声音正是这一座城市最真实的声音。

"我看清楚了,只要你能再让我一点儿,我保证租你的房子。"吴桐简明清晰地说出了自己的态度。

"我没在那老宅里,我在外面。"对方回应了吴桐。

"我现在,在火车站对面的马路上……"吴桐一边回应,一边扭头看了一眼火车站。他想借着自己说话的间隙,在内心给自己最后一次不许反悔的自我激励与自我坚持。

"租了房,就不能回家了。"吴桐在内心里这样对自己说。"不回就不回,回去了,也得再出来继续闯世界。"吴桐自己回答了自己。

"你不用坐车,你只要顺着马路的那些栏杆一直向城西的方向走,走出那些楼群,再见到一片小树林,穿过那片小树林,就能看见一大片的平房,我家的老房子,就在那里。"吴桐听了,将自己的视线转向房东所说的方向。

那里确实有成排成排的房屋以及与其并行的一道道铁轨。远远地看上去,没被高楼大厦遮拦,显得更加辽远宽阔。

"好,我已经在去你家的路上了。"吴桐边说边向那个方向走去。

八

吴桐朝着房东所说的名叫"西迟"的地方一路走去。他下定决心,要把对爸妈的愧疚和想念,全部埋进内心深处,要做一个不甘于放弃,并勇敢地踏上征程的人。

于是,吴桐以这样的心态,带着一份欢喜和释然,一直往前走。随着眼前的景象越来越清冷,在他拐向一条小路的交叉口时,吴桐惊呆了。他的眼前没有了高楼,只有高高低低的树丛,以及几间错落有致的平房,在这空旷的天空下,与另一个方向的繁华,形成了鲜明的对比。吴桐几乎有些不太相信,自己在这个城市居住了三年之久,居然不知有这么一个地方。

一眼望过去,杏黄色居多的一片树丛,在微风中,摇摆着枝叶。偶尔,有树叶飘落,像风铃,摇曳着秋天最成熟的色彩。吴桐走到树下,抬起头,看着眼前、头顶处的阳光,透过浓密的枝叶空隙,照到吴桐的脸上、身上,让他觉得早晨奔往车站时的那份清冷,一下子被这种温暖所替代了,给了他无穷的力量。这种力量与温暖一起,让吴桐一直以来的纠结、挣扎以及举棋不定的烦躁,都在这一刻,有了一种安详宁静的归属。

吴桐给房东打了电话,说自己已经看到房东所说的西迟了。房东说她还在车上,让吴桐别着急。吴桐确实没有着急,对于西迟这个地名,他是喜欢的。虽然到处是平房,但是一栋挨着一栋,零散中不乏整齐,整齐中也有些旧城区的杂乱。清一色的灰色屋顶,在阳光下,与周遭的树木一起,迎接着秋日暖阳下的热度。虽然这里不乏一些荒凉之感,但是原生态的景观却比城里任何一个地方都更自然。

"确实是够偏的。"吴桐不禁自言自语地嘀咕了一句。事实上,西迟这个地名,吴桐是曾听人说起过的,但从未来过。据说,因离火车站太近,离市中心又太远,"西"字和"迟"字又都不被看好,所以这个地方一直没有得到开发商的青睐。

这里成了城市的边缘地带,无形中连带着这里居住的人们都被罩上了一层与城市隔绝的外衣。但也正因这层疏离感,将这里最原生态的模样保留了下来。蓝天白云下，这里别有一番田园景致。

吴桐坐到一个路边的石柱上，感觉冰冰凉的。在等待的过程中，他的思绪又不由得想起了离家前夕的场景。"儿子，做服装在哪儿都一样。"那时，妈妈抓着他的手，几近哀求地挽留着他。"衣服做得再好，也不过是个裁缝。"爸爸的一句话，打破了彼此关系的最后平衡。一气之下，吴桐立下誓言：这个家再也不回去了……没有想到，时间如此之快，一转眼，已经三年了。而今吴桐深感，父亲说得一点也没错，自己眼下好像连裁缝都不如。

想着想着，吴桐的电话响了。房东问他到哪里了。吴桐回道："我已经到了。"

于是，房东又说："你就顺着你的那个位置继续往西边走……"

吴桐在房东的指示下，继续往西走去。刚刚还有的一些树没有了，低矮的平房之间有一处荒草横生的土坡。这里除了荒草，别无其他。此情此景，不禁让他感慨，这里的夜晚会是怎样的清冷寂寥啊。他甚至开始怀疑，这里是否真的有人居住。

九

电话一直没有挂断。突然间，电话那头传来一句："我看到你了，你推门进来吧。"

此时的吴桐正站在一栋人家的院门口处，他轻轻推开了虚掩着的院门。这是一家独门独户的小院，与城里那些拔地而起的高楼大厦相比，确实显得老旧。笔直的墙角，直立的烟囱，藤条秋千和被废弃的水井，又让他体会到了一丝只有老房子才有的厚重感。

一条灰砖砌成的小道，不是直通门厅，而是向西拐了一个弯，然后才拐向门厅的正门。这样的设计让吴桐感觉到一丝怪异。还算整洁的院落里，最显眼的就应该是那棵枣树了。他下意识地看了看树上已经泛红的红枣，一颗一颗的，有零散的，也有聚集在一起的，像红豆又像小小的红灯笼，比路上那些已经泛黄的树叶，还显招摇。

阳光依然如吴桐来时的那般正好，光透过红枣和已经开始萎蔫的树叶，映照到吴桐拿着手机的手上、衣袖上，仿佛比之前更温暖了。情不自禁地，他嘀咕了一句："还挺不错的。"他想象着，来年的春天，这满树的枣花，满枝头的翠绿树叶，一定会让这座老宅重新焕发生机勃勃的样貌。

突然间，一只深棕色的狗跑了出来，冲着吴桐"汪汪"了两声，又摇头摆尾地跑了。这一下子拉回了他的神思，他小心谨慎地走上门厅前的缓步台。旁边院墙上的泥砖已经模糊得看不出砖与砖之间的缝隙了。

"你来了。"随着一声招呼，从门厅里走出一位女士，身着一件吴桐在火车站见过的那件克莱因蓝的风衣。

吴桐愣住了。这就是在火车站见到的那个人啊。他下意识地将手放到了自己的背包上，背包里放着那被丢落的一沓书信。

吴桐表情的瞬间转变，让这位克莱因蓝女士也警惕了起来。"怎么？"女士看着吴桐的脸色，道，"你还要讲价？"

"你这……我不是要讲价，我是说……"吴桐有些语塞，不知该如何表达。说话时，他突然瞥见这件风衣的腰际间有两根长长的绳结，在女士说话时，绳尾不停地悠来荡去，看上去别有一番景致与韵味。

"你是说那狗？"女士看着吴桐，脸色由疏离变成了冷厉，"我在电话里不是跟你说了，地点不是一般的偏。再说了，这么偏的地方能没有看家护院的狗吗？"说完，环顾了一眼院落，又继续说道，"这房子是老了点儿，旧了点儿，但是也只有这样的地方才会有这样的房子啊，在城里，你想找这样的地方也不可能找到。"

她满脸的不屑和不满，而吴桐却依然沉浸在自己的惊异和无法相信的疑惑中。

"我看不如这样吧，你来也来了，就进屋看看，能不能租也无所谓，我也不过是顺便回来拿些东西。"女士又再次补充道，说完便自顾自地走进了门厅。吴桐跟在女子的身后，发现那风衣并不像他以为的那样厚重，而是十分轻薄。这让他想起了先前作的那首有关颜色的诗。

他不禁在内心里感叹起命运的巧合。

说不定，这会成为某种不可思议的新开始。

十

"我叫虞美儿，虞美人的虞，美丽的美，女儿的儿，'金牌时尚'的编辑，兼广告代理。"虞美儿带头走到一间冲南的房间门口，对着东张西望的吴桐说。

"编辑兼代理？"吴桐惊讶道。

"用我们'金牌'所有前沿时尚做引领，让读者欣赏美时，还能具有完美的上进心，还有正能量。"虞美儿补充道。

在看房的过程中，吴桐明显感受到了虞美儿身上的傲慢、高冷和疏离。她说话的语气虽然还比较友善，但神态却透露出一丝的不屑。吴桐心想，大不了就不租了，有什么了不起的。

许是虞美儿看出了吴桐的心思，又对房间的优点做了一番描述："这房间靠山墙，很安静，不是晚上，几乎听不到火车的声音。此外，这边路窄也不适合车辆来往，应该不影响你休息。最重要的是，这房间里的光线特别好，东西多一些，因为以前是一个工作室。"

吴桐边听边看，惊异地发现房间里侧的木桌上有各种布料、缝纫机，包括一架手摇的落地缝纫机，更重要的是服装裁剪制作所有的用具应有尽有。

"确实像工作室。"吴桐随口应答道。他无法相信，这样的地方会有这些用具。他不由自主地走近了那架缝纫机。缝纫机的下面有一个木盒，里面有各色线轴，大的小的，落了一些灰尘，但透过线轴的边缘，依然可以看见那些细细的丝线是那样的柔润光亮。

接着，他又不由自主地走向了靠窗台的一个铁艺架前，上面有一些制作服装用的软尺、直尺、三角尺、画线笔等。"你家怎么有这些东西？"吴桐十分好奇地问虞美儿。"你如果嫌碍事，可以将它们挪到门厅里。"虞美儿说这番话的时候，顺手将搭在挂架上的一大块米白色棉麻布料，以及旁边一条碎花香云纱，一起放到纸袋里。"这些东西，在一般家庭里很难看到。"吴桐回道。"是，现在根本没人做衣服。"虞美儿说完，有些不耐烦地站到门口，准备转身将吴桐引向别的房间。可是，吴桐的心思却久久停留在了这里。

"那个屋，就不能让你进去看了。"虞美儿的手，指向一个与刚刚那个房间斜对着的房间门口，说话间，有意走过去，用手按了按门把手，确定门锁完好后，看向吴桐道："明白？""明白。"吴桐回应后，有些好奇地走近那扇门，见门玻璃的里面，已经被一张故意贴上的服装广告挡住了。但是，透过磨砂玻璃的边沿，可以看见房间里有木床，有木柜，以及木柜上方的木相框。上面是一位半侧身的女人半身像，但不是吴桐身边的虞美儿。

"这个房间可以住。"虞美儿随即将吴桐引领到另一个房间的门口，示意吴桐看向房间里的双人床。吴桐看到床下堆叠在一起的运输包装纸盒以及折叠工整的空塑料袋，猜测这床应该是新买的。

"还可以，这房间，休息，看书，上网，都没问题。"吴桐见了，不禁自言自语地嘟哝了一句。

"你觉得行？"虞美儿问吴桐。

"应该没问题。"吴桐回答。

"但有个条件。"虞美儿像突然想起什么似的，看向吴桐认真道，"我在电话里好像忘了跟你强调了，想必你也知道这个条件。"

"什么条件？"吴桐问。

"你进院时见到的那狗，叫卡卡。如果你租这房子，卡卡的饭，你要给它做，卡卡要出去玩儿时，你得领它出去。当然，这些费用，我会给你。"

"你说什么？"吴桐再次惊异到不敢相信自己的耳朵。

"你没好好地看那广告？"虞美儿问询吴桐时，脸色变得有些惨白。

吴桐看到虞美儿白皙的脸上画着淡妆，不走近不容易看见，虞美儿的眉毛显然没进行任何修饰，虞美儿用的唇膏是饱和度最低的裸粉色。而此时，这几乎素颜的面容上显现出了一丝愠怒。

"我说，你是不是来租房的？"虞美儿的焦躁，果然即刻发作了。

"我可以租啊。"吴桐即刻回答。

"那就签协议。该交代的，我都交代了，不明白的，你可以给我打电话，但是，希望你不要打，我工作特别忙。"虞美儿说完，急着逃离般地从木架上顺出两张 A4 纸。可此时的吴桐根本就还没有想好要不要租这里，他陷入了一种十分被动的局面里。

在一个陌生又不被接受和认可的城市里，人如一叶浮萍，没有根芽，加上不知再飘向哪里的不安与惶恐，他十分需要一间房子能给他安全感。于是，吴桐像是在给自己加油鼓劲一样，说道："好，非常好。"虞美儿听后，很满意，说道："那就签协议吧。"

事实上，此时的吴桐十分想跟虞美儿说几句与租房无关的额外话题，聊聊自己的经历，聊聊自己的心境，但虞美儿却想要赶快签成，然后赶快离开。他看着厨房的灶台、水桶、水壶以及器具架，想起了自己在"梧桐服装"时常去的那家早餐馆，好像三年当中去过几十次，都没说有过一句话。后来，自己走了，可对于那家早餐馆来说，这仅仅是无关痛痒的事。

"你想什么呢？"虞美儿问吴桐。

"我想再看看。"吴桐回过神来，答道。他不知所措地看了一眼视线中的所有物品。

"看见了吧？那叫'卡卡'的狗。"虞美儿顺着吴桐的视线，向他说道。

"看见了，刚进门时就看见了。"吴桐答道。

"我们家之所以要往外租这房子，主要就是因为卡卡。"虞美儿再次跟吴桐强调时，既不看吴桐的表情，也不在意吴桐的态度，而是继续补充道,"卡卡是我妈的宝贝,只是非常可惜,我和我妈的工作都太忙,不能带它,最重要的是……"虞美儿突然欲言又止地不说了。吴桐见了,很想问一句最重要的是什么,但是他又觉得,每个人都有自己的难言之隐,便什么话也没有说。

"这些花也怪可怜的。"虞美儿一边说,一边将地上的透明水桶里的水,倒进竹藤架上的绿萝花盆里。

"我不喜欢花,不然这花我就拿走了。"虞美儿说完,回身看了吴桐一眼。

"这么好看的布料!"吴桐看虞美儿浇花时,一眼瞥见了旁边木架上的两块锦料,橘黄色的,在绿萝的映衬下,闪着柔柔的光。

"我怎么觉得你这人很奇怪?"虞美儿的脸上,再次现出疑惑。

吴桐问道:"你是裁缝?"

"不是。"虞美儿将头摇得跟拨浪鼓似的一口否认。

"那谁是裁缝?"吴桐追问。

虞美儿听了,扭过头,非常不满地看着吴桐。

"我是说,这是很贵的团龙纹唐锦,你看这颜色,多好看!"吴桐实在是太惊喜了,能看到这些颜色华美的锦料。

吴桐用手指着另一块佛头青的布料道:"这种锦料的颜色最高贵。"

"高贵有什么用。"虞美儿不屑地敷衍了一句后,随即又补充了一句:"那些不过是我妈的摆设而已。"

"原来是这样。"吴桐略有所思地嘟哝了一句后,即刻认真地问道:"如果我租了这房子,你家的缝纫机,我能不能使用,包括那些布料、各种线和用具。"

"你会做衣服？"虞美人没等吴桐说完话，瞪大了眼睛问道。

"我是裁缝。"吴桐斩钉截铁地回答。

"真是稀奇？你居然是裁缝？"虞美儿看着吴桐，既不相信自己的耳朵，也不相信吴桐会是裁缝这一事实。

"还有更稀奇的。"吴桐一边说一边将包里的那沓信给拿了出来。

虞美人呆住了，质疑道："这些信怎么在你这儿？"

吴桐看着虞美儿惊讶的表情，解释道："是这么回事，我那时正好在火车站，正好你就从我身边走过，也正好这沓信就掉在了地上，我捡起后，本想追上你，可是到了大门口，连你的影子都没见到。"吴桐解释完，将那沓信放到虞美儿的手上。

"这还真是无巧不成书了。"虞美儿看着手里的东西，"只是非常遗憾，这不是我的东西。"

"不是你的？"吴桐蒙了。

"是别人的，已经说不要了。"虞美儿说完，只是例行公事般地用右手的食指指尖，轻轻碰触了一下信封上的丝带，完完全全显出一副比之前吴桐感受到的更加高傲和不屑的神态。"也真是难为了你，居然跑这么远，送我家来了。"虞美儿说完，随手将那沓信扔到门边的一个垃圾筐里，然后脸上没有任何表情地看向吴桐道："你看着办吧！这老房子，你想租就交给你了，不想租，我也不多劝一句，这房子和人之间靠的也是缘分。"虞美儿没有了耐心。

"可是……"吴桐还想说些什么，他觉得这么快就签协议好像有些不妥当。

"不想签就不签，我还有事，我要走了。"此时的虞美儿完全是一种高傲的神态。

"那就签协议吧。"吴桐一边说完,一边拿起了纸和笔。

十一

"这房子原来是我跟我妈住的,后来我搬出去了,现在我妈也不在这儿住了……"吴桐签协议时,虞美儿向吴桐介绍道。她仿佛不是以房东的身份,而是以一位朋友的口吻在讲述。"这是我妈不要的家。"她又补充了一句。

吴桐听后,想要说些安慰的话语,但又不知该说些什么。突然间,他想到了什么似的,对虞美儿说道:"对了,你那些服装的缝纫机、布料、用具……"虞美儿听出了吴桐的用意,在他的话还未说完时,便表情严肃地插话道:"你想做衣服没什么不可以的,但有一样,你必须用那些东西给我做一件。""没问题。"吴桐立马欣然答应。

"真希望你能做出我能穿得出去的衣服。"虞美儿说这话时,吴桐猜不出她的心里在想什么。他看了一眼手里的租房协议的落款,低声嘟哝了一句虞美儿的名字,说:"这名字真好听。"

"我爸给我起的名字。"虞美儿回答吴桐的夸赞时,有些眉飞色舞,但仅仅是那么一个转瞬即逝的快乐表情,顷刻间便消失得无影无踪了。

吴桐看着这所老房子,想象着以后的日子里,在长案前低头创作的场景,很是激动。突然间,他想到了那块橘黄色的团龙纹唐锦。

"这布料做一条长裙,应该不错。"他将虞美儿放进纸盒里的橘黄色锦料拿到手里,一边想象着颜色与虞美儿肤色、形体以及气质的搭配,一边在头脑中勾勒着创意的灵感。

"这颜色,我从来就不喜欢,太俗!"虞美儿冷冷地回应了吴桐一句。吴桐没有多在意她的这句话,而是依然沉浸在自己的创意中。比如,衣领处的纹理上,可以在最恰当的位置,点缀几颗透明的玉珠,长长的下摆处,可以坠几绺半透明的软纱或真丝,至于腰际处,虞美儿必定要紧腰的才好。在吴桐的想象里,一开始模糊的想法渐渐地有了具体的图像。这件衣服,带有朝云漠漠的飘逸,含有池岸草摇的若即若离,包括水中墨船的若隐若现,灵气与灵性交相呼应,既有民族风的优雅古朴,又有时尚唯美的奢华。吴桐沉浸其中,不能自拔。"我知道应该给你做什么了。"吴桐无比兴奋地说。

"说得轻巧。"虞美儿不屑地应承了一句,然后双手在自己的腰际两侧,只那么随意比了一下。吴桐即刻明了了虞美儿的心思。"你不用告诉我你的三围,我的眼睛就是尺。""愿意做就做吧,大不了把布料都毁了。"虞美儿依然用不屑的态度,轻描淡写地应着吴桐。

"毁了就毁了吧,反正这个家已经被毁了。"虞美儿的话,让吴桐无言以对。"行了,你收拾收拾住下吧,只是我可跟你说好了,做衣服的事,我不过是那么一说,如果你不是'裁缝'那块料,可千万别糟蹋了这好布料。虽然这些东西确实是不要的,但是,也不能太随心所欲了。"虞美儿突然冲着吴桐说完,头也不回地扬长而去。

十二

"吴桐,刚才我们签的那个协议,少了一个程序。"已经走到院里的虞美儿,突然跑回来对吴桐说。

"少了什么程序?"吴桐觉得难以置信,明明都是按流程走的呀。

"是很重要的程序。"虞美儿看着吴桐，表情异常严肃地肯定道。

"不会是给那绿萝浇水吧？"吴桐很不理解。

"我们家的卡卡，没写进协议。"虞美儿急忙回道。

"你放心，卡卡的生活都包在我身上了。"吴桐拿出了少有的笃定及热情，拍拍胸脯说道。

"卡卡，有人管你了。"虞美儿听了，对着卡卡说道。当她准备转身扬长而去时，又想到了什么似的，回过头对吴桐说："那木桌底下，有个红色的木箱子，里面有你需要的布料。"

"谢谢！"吴桐愣了一下，只说出这两个字。他还没想好要怎样回应虞美儿。虞美儿对跟在她脚边的卡卡，如释重负地说道："我终于完成任务了。"

说完，虞美儿便推开大门走了出去，只见她一边打开停在门口的车的车门，一边回过身来，冲着卡卡亲切地招呼道："卡卡，再见了，有时间的时候，我还会回来看你的。"

吴桐走到卡卡身边，与卡卡一起，看着虞美儿上了车，再看着车慢慢开走，直到消失不见。此时的吴桐与卡卡，像是被抛弃了一样，都呆呆地盯着汽车远去的方向。许久后，一人一狗相互间才对视了一眼。

"卡卡。"吴桐跟卡卡打了声招呼。卡卡冲着吴桐摇了摇尾巴。吴桐见了，蹲下身，看着它身上的浅棕色长毛，在阳光下，发出柔软顺滑的光亮。

"你的主人不要你了。"吴桐对卡卡说。卡卡依然冲着吴桐摇尾巴。

"一会儿我就领你出去玩儿。"吴桐亲切地对卡卡说完，站起身，顺着门厅前的小路,一步一步走向门厅前的缓步台,感觉像清晨去往火车站的状态一样,脚步有些沉重,心情有些沉重。唯一不同的是,这一刻与那一刻的地点不同,时间不同。

吴桐恍然明了了自己,为什么明明可以在网上买票,却放弃简单便捷,而舍近求远地去了一次火车站,最后又选择了留下来。明明是在潜意识里,有意给自己制造了可以留下来的理由和借口。或许,自己与未来的某些未知有着必定要结的尘缘,比如那块橘黄色的锦料。

吴桐急忙走进那个可以做服装的房间,站到门口,只稍稍环视了一下,便自觉吸收了能量般地充满了一种莫名的自信。说不定,这就是冥冥之中的指引。

"这么好的布料!"吴桐拿起那块让自己的想象天马行空到一个炫美世界的橘黄色布料,发现布料的质地轻薄柔软,细细的亮丝,纵横其间,不细看,根本看不出来。一个很大的方盒子里,有一些颜色不一,大小也不一的各种线轴、珠扣、拉链、针盒、墨盒、画线笔等,与制作服装有关的物件几乎是应有尽有,让吴桐觉得,接下来的日子,定然是神秘且多姿多彩的新天地。

"我肯定能做出非常漂亮的服装。"吴桐下意识地抚摸着布料,接收着这些物件给自己的灵感暗号。他不由自主地环视了一眼房间,觉得这个地方只要有眼前的这些便足矣了. .

十三

吴桐想要四处看看,熟悉熟悉这里的环境。于是,他拿了木架上的拴狗链，几步冲出门外。

"卡卡，咱们这就出发。"吴桐一边招呼着已经在等待自己的卡卡，一边体会着自己信守承诺所带来的快乐。

而卡卡对于吴桐的到来，仿佛已等待很久似的，早有准备。它不仅不挣脱吴桐的束缚，还极力配合着吴桐，以便尽快出发。

十四

"卡卡。"吴桐与卡卡刚冲出院门，就听到有人在喊卡卡。这是一位中年男子，手里拎着帆布包，与卡卡打招呼时，显得有些风尘仆仆。吴桐觉得，他打量自己的眼神十分怪异。

"你租了这房子？"中年男人问吴桐。

"是，刚租的。"吴桐虽然不愿理会，但依然礼貌地回道。

"哦！"中年男人若有所思地回了一声，刚要转身离开，又回过头，走到了吴桐的面前，突然面带笑容地介绍自己道："我是你隔壁的邻居。"

"您好。"吴桐听了，下意识地回应了一句。

"我们也是背靠背的邻居。"中年男人说完，指向了吴桐租住的房子的隔壁方向。吴桐顺着中年男人的手势，看见到了他的房子。

"有事就吱一声。"中年男人说完，转身离开。事实上，他又再一次地返了回来。只见他若有所思地看着吴桐，欲言又止的样子，说道："不过……"

中年男人遮遮掩掩的样子引起了吴桐的好奇心。"不过什么？"吴桐好奇地问。

"你有可能住不长，但也不一定。赶紧去溜达吧，没什么事儿，我就是遇见了，跟你打个招呼。"中年男人说完又补充了一句道，"我叫芋头。"

"芋头？"吴桐对中年男人的名字，很是不解。

"实际不是这个名，是他们都爱这么叫我。"芋头说话时，用手指了指虞美儿家的方向。吴桐见了，不置可否地笑了笑，觉得这样给邻居起名字，欠妥当，但又觉得没什么，毕竟芋头说这事的时候，没有怪怨，只有心平气和。

"我叫吴桐，听着很像梧桐树的名字，但也没什么，不过是个名字，像什么都无所谓。"吴桐做了自我介绍，一直以来，只有名字让自己最满意。虽然他很在乎细节，但是在一些原则问题上也可以很大度、随意。

"有什么事尽管找我，别忘了，我们可是邻居。"这一次，芋头说完，依然还不忘再次回头嘱咐吴桐道，"有事就敲敲你家靠我这面的山墙，能听见。"吴桐听了，冲芋头笑了笑。

"卡卡，再见了。"芋头离开时，冲着卡卡摆了摆手。卡卡看着离开的芋头，很高兴地摇了摇尾巴。

吴桐觉得这两家邻里必然是处得很好的，芋头这个人应该也是很好相处的。

十五

西迟不大，从远处看，给人一种空旷辽远的感觉。但是，若你真正置身于其中，就会觉得，这个地方比"偏僻"两个字，还要偏僻得多。

卡卡平日的出行路线，就是冲出院门后，一路向西。吴桐觉得，此时的卡卡就是一个领路者，指引着不知方向的他。一人一狗，一路向西，虽然离市中心越来越远，但看着眼前越来越近的地平线，吴桐的心却豁然开朗，仿佛积压在心里的那些重担在此刻突然间没了重量。

"这真是个好地方。"吴桐不禁感慨道。他发现，远处天高云淡，跟鲜艳的油画似的；近处成片成片的羽毛草，一堆一簇地生长在高低不平的土坡上。一块又一块的青灰色水泥方砖在羽毛草的下方，犹如簇拥着它们般，在风吹来时，泛起层层波浪，在阳光的照射下，闪着柔和的光芒。这真是一幅让人倍感治愈的画面啊！卡卡或许因为经常来这里，对一切的风吹草动并没有多在意，它只顾着奔跑，偶尔停下来四处嗅一嗅。此时的卡卡是全然感知不到吴桐内心的震撼的。

"你要是会说话就好了。"他有点失望地对着突然跑到他脚边，不停摇着尾巴的卡卡说道。他不知道卡卡为什么跑来，他只是拍了拍卡卡的头，然后捡起了一个石子，顺着道路的前方将石子扔了出去。卡卡见了，立即追了过去。吴桐见了，也朝着那方向跑了过去。

"人生真的很美好。"吴桐一边追着卡卡，一边又感慨道。的确如此，在这个世界，即便你不会制作服装，你也会有衣服可穿；即便你不会种地，也有粮食、蔬菜可吃；即便你有很多不会做的事情，依然不妨碍你的一些其他行动。总而言之，我们可以赏日出、观日落，可以品茶、饮酒，等等。吴桐觉得，人生在世，有太多的事情可以做，这条路行不通，就换另一条路，或许很多时候的不开心不是源于外界,而是起于自己的内心。他暗下决心,要利用这段时间好好地调整自己的状态,保持心情愉悦和平静。

这样一想,吴桐觉得曾经的自己是多么愚蠢,常常纠结于某一事、纠缠于某一时,久久走不出来。现在想来,那些烦恼竟是这么微不足道。他觉得,或许某一天,自己也会领着一个人来到这里,像此时此刻的自己与卡卡一样,围绕着这一方水土跑过来,再奔回去。想着想着,他不由得加快了步伐,脚边的羽毛草被他裤腿处的风带动着,左右飘摇。此时的卡卡已经在附近的水边停了下来,安静地凝视着一只落在水草上的蜻蜓。它会偶尔伸长脖子,将自己的身体探向水面。

吴桐也跟着来到了水边,他看着水岸那一直延伸到远处的土坡,那里也有成片成片的低矮房屋,相同的颜色和相似的房屋外形,与吴桐现在租住的地方,遥相呼应着。"卡卡,你看,那些鸟。"吴桐突然指着水面上低低飞过的鸟群,对卡卡说道。几十只鸟儿,黑白相间的颜色,在水中的倒影似零零散散的银片。吴桐觉得这就像一件华服的下摆,裙裾飘忽间,给人一种魅惑的神秘感,让人情不自禁地浮想联翩。

"卡卡。"吴桐喊了一声卡卡。突然间,他想与卡卡说些什么。但卡卡作为一只狗,哪懂得这些,它依然自顾自地在芦苇丛间嗅着。

吴桐也没理会卡卡能不能听懂,自顾自地说道:"你平时总来这儿?""卡卡,我们都是这世间的匆匆过客。"吴桐看了一眼不知何时趴在他脚边的卡卡,笑了笑,又说道,"卡卡,我看,我们还是回去吧。"卡卡没听见似的,一动不动。"你不愿意回家?"吴桐蹲下身,摸了摸卡卡,猜想它或许是一路奔跑,累了。吴桐又说道："愿意来以后还来。"这一次，卡卡好像听懂了似的，站起了身，慢慢悠悠地朝相反的方向跑去了。

　　吴桐看着朝家相反方向跑去的卡卡，大声喊道："你不愿意回家？卡卡？"卡卡此时好像听懂了他的话般，突然飞奔起来。没办法，吴桐只得朝着卡卡跑去，以免它走丢了。

　　事实上，吴桐实在无法想象，在同一天内，自己能经历那么多的事儿。

第二章 只为一支兼葭

一

　　吴桐开始认真收拾起了自己的房间。说是认真收拾，其实也不过是将东西拿出来，放在该在的位置上罢了。这座房子的门厅虽不像老式房屋那般宽敞、明亮，也没有现代建筑中的贴心设计，但是有一个狭长的空间，足够通行。

　　吴桐发现自己的东西少得可怜。也难怪，在决定将"梧桐服装"关门前，他曾对服装进行过一次促销。而今行囊里没有几件，也是情理之中的事情。吴桐虽然觉得带出来的东西很少是一种遗憾，但也没有深陷这种情绪中。毕竟，带出来的东西越少，回忆也就越少。回忆有时候不是多少的问题，而是轻重的问题。时间越长久，就会越沉重。

　　吴桐看了一眼窗外，天空依然那么蓝，比之前多了几分亲切、随和的感觉。视线越过树梢、屋顶，可以看到远处的楼群建筑，在天空下如同孩童玩的积木，直直地伫立在天地间。

　　突然间，吴桐想起了被虞美儿扔进垃圾桶的那些信。他急忙从垃圾桶里将信全都捡了出来，然后毕恭毕敬地把它们放在了木架上。那虔诚的态度，连吴桐自己都很不理解。仿佛这些信就是他自己丢失了很久的东西，好不容易被找回来一样。事实上，吴桐也觉得自己有太多的东西被丢在了这座城市里，再也找不回了。比如，那三年的时间与期望。再比如，曾经的电热水壶、喝水的白瓷杯、印有小鹿的床单、吃饭用的碗盘碟、镀了一截仿铂金的筷子，以及他从家里带出来的，已经被穿坏了的软拖鞋，等等。太多的东西，他已经无法一一想起了，但是它们陪伴他度过了很多的日子。

此时，院门口的枣树上，飞落了一只喜鹊。卡卡在树下，冲着树上的喜鹊，不停地吼叫。树上的喜鹊没听见似的，不予理睬。看着此情此景，吴桐觉得，在这里，或许可以治愈他所有不好的情绪。

想着想着，吴桐突然灵光一闪。那些关于服装的色彩、形状、线条和点缀，甚至是制作等的想法都在这一瞬间，爆发式地涌现在他的脑海里。他急忙拿起那块心仪的布料，站到了镜子前。

橘红与明黄的交错辉映，刺激着吴桐的感官。他沉浸其中，一裁一剪，将脑中的灵感在手中具象化。这一过程就如同农事一般，春天播种，夏天打理，秋天丰收，其间少不了细心的呵护。

吴桐将这初具样式的长裙，不停地在自己的身上比着。这已经不知道是他第几次站在镜子前了。他发现，灯光下显现的颜色比白天显现的颜色更加神秘而幽秀。他看着这件长裙，觉得若穿在虞美儿身上一定十分美丽。沉浸在这份自豪感中，他情不自禁地感叹道："这热烈的暖色最适合秋天了。"吴桐觉得，这一刻的他就如同刚来这座城市时的自己，充满希望又无所畏惧。

"这真是美好的一天。"吴桐一边这样想，一边又对自己留下来的决定很欣慰。他仿佛已经看到了，在城市繁华的街道或十字路口的斑马线上，穿上这件长裙的虞美儿，是怎样明艳照人，路上的人纷纷投来羡慕的眼神。

东方美，或许就是这样创造出来的。用浓郁的东方色彩，配上现代的时尚潮流元素，制作出一件服饰。它的内里是光滑锦缎，十分细腻柔软，外面则是薄纱装饰，十分飘逸。然后于胸肩处，于领口的纽襻处，一朵连着一朵，一直顺延到腰际的是一根用金丝线贯穿所有经纬线的菊花结扣，蜿蜒曲折，十分有东方风韵，十分有柔媚之美。

事实上，吴桐无法忘记，曾经的自己内心有太多太多的想法，却无从下手。那时的他没有灵性，更缺少欲望，像一只无头苍蝇，到处乱飞。而现在，透过这件衣服，他看到了美好，看到了希望，如同雨后彩虹高挂于云端，不用仰头也无须仰视，就能看到它美丽的色彩与光芒。

吴桐笑了。他面对着镜子里的自己，就像是在看着已经穿上这件衣服的虞美儿一样。虽然虞美人对吴桐而言，不过是个房东。但是这个世界，还有人需要他，想要穿上他制作的衣服，这对他而言就是十分珍贵的。

二

夜更深了，整个房间，包括吴桐的整个身心，都被笼罩在这万籁俱寂的黑夜里。房间里，时而异常安静，时而是火车入站或出站的轰鸣声。这声音带着呼啸，奔腾而来，奔腾而去，仿若一条巨龙在黑夜中穿越苍穹一般。

尽管隔壁的邻居芋头会听见，住在西迟的这些陌生人也能听见，但是吴桐认为，这些人早就适应了这种夜里的喧嚣。他们能够在这份喧嚣中安然入梦，而吴桐自己则不行，在这份喧闹中，他的思绪也是飞扬的。

　　他想起了白天的那件美服，他是十分满意的。他又想起了曾经创造的，与这件很相似的一个"作品"。那件"作品"是吴桐按照一位自己默默喜欢过的同校女同学的身形和气质所设计的一款超短裙。之所以是一款超短裙，主要是那个女生特别喜欢运动。吴桐记得，每次自己去学校操场慢跑时，都会遇到那个女孩儿，而那个女孩儿总会以最快的速度，从吴桐的身边快速跑过去。直到毕业，吴桐都不知道女孩儿的名字，但是他却从女孩儿身上获得了一种积极向上的能量和朝气。

　　吴桐的那个作品，在学校的设计比赛初赛中获得了好成绩，但是在和其他学校的作品的比拼中却不幸被淘汰了。吴桐没有因为失败而沮丧，他将超短裙邮寄给了叔叔家的堂妹吴茉，得到了整个家族的一致好评。吴茉的父亲这么评价吴桐："这孩子，或许会成为咱家光宗耀祖的人才。"吴桐的爸爸也表示"这孩子从小就有天赋"。

　　但是这些，吴桐的妈妈在给吴桐打电话聊家常时，却只字未提。虽然吴桐并没有在参赛过程中获得自己想要的结果，但是过程是美好的。

　　吴桐想了很多，经过这一夜，他的心境旷达了很多，也释然了很多。他突然想通了。很多事情，或许我们自己认为是思前想后、仔细斟酌的结果，但是这一些，在他人眼里，或许都不及楼群建筑，不及树梢屋顶，不及眼前的院门台阶，或许都不及卡卡的一声吼叫。有的时候，我们不要太看重自己了。

三

东方露出鱼肚白时,吴桐终于将整件衣服的缝合完成了。

长裙的整体效果虽然与设计草图有些许的不同,但是这最终的呈现效果让吴桐很满意。他将这条长裙命名为"遇见"。

吴桐觉得,"遇见"这两个字是十分妥帖的,这是橘黄色和克莱因蓝的遇见,是长裙和长款风衣的遇见,也是吴桐自己与西迟的遇见。这其中包含了一场意外的人与人之间,人与物之间,以及物与物之间的缘分。他觉得,这世上也只有这两个字才能更深刻、更准确、更到位地表达缘分的奇妙。

最重要的是,吴桐自认为这件长裙无论在颜色、创意、做工配料以及感官效果上,都非常适合虞美人的身形与气质。或许,连虞美儿也想不到,住在她家的租客,不仅帮她好好照顾了卡卡,还给她设计出了这么美丽的长裙。

不过,也有一种可能,虞美儿根本不喜欢这种颜色,但是吴桐自己是喜欢的。

四

吴桐走出了门厅,站到屋檐下,想着前一天的这个时候,自己还在纠结于是回县城老家,还是留下来继续追梦,但只不过是经历了一个白天、一个黑夜,人生就发生了改变。

这真的是很不可思议啊!他觉得,这个老宅确实是个好住处。站在屋檐下,人可以拥有一种登高望远的视觉感受。天上的白云,层层叠叠，绵延起伏，冷眼看去，好像昆仑山脉一样，有的地方仿若冰雪皑皑，有的地方则如同一抹云雾缭绕中的莽莽沧海。偶有飞机飞过，留下一条白白的线，如长长的河流，让近处展翅飞翔的鸟翁动的翅膀带着别样的风情……这些景色如水墨画般，在吴桐的视线里熠熠生光，让他再次为自己的决定，感到由衷的满意。

喜鹊再次"喳喳"地叫了起来，停落到了枣树上。卡卡见了，又再次冲着喜鹊不停地"汪汪"直叫。喜鹊依然是不理会，自顾自地在枣树上飞来跳去，好像这棵树原本就属于它。不仅如此，喜鹊还时不时地落到不同位置的院墙墙脊上，站一会儿，跳几下，然后或飞去屋顶，或去天际之间旋转几圈，反正用不了多大一会儿，它还会落回到枣树上。而这棵枣树也是卡卡的乐园。我们姑且认为，这每次的叫唤声，不过是这一狗一鸟在打招呼吧。

这样的清晨，对吴桐来说，虽然不是什么新鲜事儿，却让他难以言表地喜爱，让他想起了家里的苗圃，里面有各种鸟虫、树木，在春夏秋冬的不同时节里，苗圃会有不同的景致，呈现出不同的韵味。这种似曾相识的感觉，让他在这里体验到了家的味道，十分亲切。

吴桐随便吃了一些东西，便一头扑倒在床上，睡起了觉。当晨光暖暖地照到房间里的时候，那件挂在衣架上的长裙，开始闪着鳞片一样的光芒。

就这样，一夜没睡的吴桐，沉沉地跌入了梦乡。

五

在梦里，吴桐梦到自己站在一座院墙之外。梦里的院墙与虞美儿家的不同，很高、很长，院墙的上面是青灰色的片瓦，院墙的下面是青灰色的垒砖，中间是雪白雪白的墙面漆。这一切，在绿树掩映的阴凉里，显得异常安静。站在墙外的树荫里，他看不到墙内的事物，便不由自主地踱步到门前处。

吴桐沿着青灰色的石阶，一步一步走到了建有门廊的门口石阶上。他看见两扇对开的红色木门，关得严严实实，听不见院里的声音。正犹豫是要敲门，还是转身离开时，门上贴着的红红的"囍"字引起了他的注意。他心想，原来这户人家在操办喜事啊！

突然间，一阵窸窸窣窣的钥匙开门声将他从梦中带回了现实。他不禁睁开了眼睛。刚刚在梦中，就有人前来开门，而此时在院门处，真的有人在用钥匙开门。他急忙坐起了身，然后翻身下了床。

"怎么回事？"那女子一边出声示意卡卡不要叫，一边轻轻地走了进来。她的步伐很轻，像怕打扰到谁似的，若不是在这黑夜，真的可以忽略不计了。她走过门廊处的葡萄架，绕过枣树，走向门厅，随即传来的便是一声非常清晰的开门锁声。

原来这是虞美儿的妈妈。吴桐想起了曾透过锁着的那扇门的玻璃看到过的照片，他确定这就是虞美儿的妈妈。他屏住呼吸，想等着虞美儿的妈妈走近了，再打声招呼，问声好什么的。

奈何，等走近时，她却被吴桐吓了一跳，惊呼道："怎么是个男的？"接着便是自言自语地嘟囔道，"这孩子，怎么不跟我说实话。"看着发愣的吴桐，她有些进退两难，便解释道："我来送门钥匙，顺便再拿我要拿的东西。"

吴桐站在原地，愣愣地，不知发生了什么，只是直直地看着这个与虞美儿穿着款式一致的女子，只不过她的这一袭紧腰、阔摆风衣不是蓝色，而是葭灰色。

"你不就是那个租了这房子的人吗？"中年女子看着愣愣怔怔不说话的吴桐问道。吴桐没有回答。此时此刻的他大脑空空如也，完全不知发生了什么事情。

"你怎么了？被我这么突然闯进来吓到了？"中年女子关心地问道。她的脸上是一种比吴桐此刻发愣的神情还要复杂的疑惑神情。

"没有。"吴桐使劲儿地摇了摇头。

中年女子走到吴桐的近前，用略有所思但又欲言又止的犹疑，看着吴桐。她说："我是这房子的主人。"这下子，吴桐彻底明白了眼前发生的事。

"怎么还是个年轻人？"中年女子一边疑惑着嘟哝，一边上上下下地打量着吴桐。她将手里的门钥匙放到门口的竹藤架上，道："这门钥匙，不该放在我手里。"见吴桐没说话，她便补充道，"这孩子，学话也学不明白。"吴桐听了，知道是在说虞美儿，便尴尬地笑了笑。

"我叫夏沐兮，是虞美儿的妈妈，我女儿说你是裁缝。"夏沐兮一边对吴桐说着话，一边从自己的手包里拿出另一把钥匙，走到那个锁着的房间门口，将门打开，推开房门后，将门后露出一半的绣花门帘，挂到门后的一个细木栓扣上。随后，她径直走到一个靠床的柜子前，拉开其中一个抽屉，从里面拿了一个带有包装的小纸盒，放到自己的手包里。接着，她回身看了一眼吴桐，说道："真没想到，居然有这么年轻的裁缝。""是有点儿年轻。"吴桐回道。

吴桐看到，这个房间很干净、简洁，一张床、一个衣柜、一个梳妆台、一个藤条秋千架，还有一个与做服装的那房间里一模一样的红木箱子，但却被放在了床的下面，不仔细看是不容易发现的。

吴桐忽然想起虞美儿离开时说的，那木桌下的红色木箱里，有自己需要的布料。只是，吴桐不知道，这个近在咫尺的夏沐兮是一个怎样的裁缝。

"问题是，这窗帘！"夏沐兮像没听见吴桐的回应似的，在准备离开时，自顾自地走到了窗前，动作麻利地将窗帘一把拉开，室内瞬间明亮起来。窗外是吴桐头一天领卡卡去散步奔跑的那处旷野。这一刻，旷野的全景几乎全部跃然在吴桐的视线中。此时的他也看清了床头上方的那个相框，长形的，是夏沐兮身穿黑色丝绒旗袍的背影照片，胸肩处有两道加了蕾丝纱网的外衬，半朵暗红色的玫瑰花瓣，在黑丝绒的皱褶里，闪着魅惑的魅影。这样的艺术照，吴桐是见过的。但是让色彩和光影如此相得益彰地结合到一起的摄影技术，他觉得不是很多。

"我……那个……"夏沐兮若有所思，一边嘟哝，一边走出了房间。她站在吴桐做服装的那个房间门口，看看房间里，再扭头看看吴桐，看了看吴桐后，再看向房间里。吴桐知道，夏沐兮必定是看到自己还没做完的那条长裙。

"你还真是个裁缝。"夏沐兮点了点头，说道。这话并不是冲着吴桐说的，而是冲着房间里挂着的那条长裙说的。"那我就跟你交代一声吧。"夏沐兮看了一眼吴桐说道。吴桐看着夏沐兮，等着夏沐兮的交代。

"这老房子里已经没什么了，我那房间呢，我也不锁了。"夏沐兮说完，走向了做服装的房间。吴桐见了，也跟在她的后面。吴桐太想知道这位同行见了自己的作品后，会给出什么样的评价。

"现在已经听不到'裁缝'这两个字了。"夏沐兮站到那条长裙前，像端详一个人的容貌，又像在审看一个物件，更像在品味一种可以享用的食物。"是，现在都叫时装设计师。"吴桐回答。"但我更喜欢裁缝这两个字。"夏沐兮说。"我也是。"吴桐即刻回答。夏沐兮听了，扭过头，看向吴桐，思索了片刻，说道："难得你这么年轻，还能有这样的认知。"她说完，抬起手臂，揽过长裙的裙腰，像是在掂量布料的轻重，又像在审看裙腰的腰围。"我一直觉得，只有裁缝的'裁'和'缝'，才能更好地体现服装制作的过程。"夏沐兮说。

"我也一直这样认为。"吴桐回应时，觉得自己回答得太快，有近于讨好的嫌疑。但是，他也想不出还有什么样的回应，能比自己说出的话好一些，或是差一些。他觉得，设计图仅仅是一幅与画有关的画作，是画了服装样式的画作，并不能被称为时装或服装。但是这些话，吴桐没有说。他怕这样的话在夏沐兮的面前，会有卖弄的嫌疑。

六

"你安心在这儿住吧，我虽然刚搬走不久，但你放心，我一般不会来打扰你的。"夏沐兮一边走出那间做衣服的房间，一边淡然地对吴桐说道。突然，她似乎想到了什么，又礼貌性地补充了一句："裙子的做工不错，虽然还没做完，至于设计嘛……"吴桐很想知道同行会怎么评价他的设计，以至于刚听到"设计"两个字，他就紧张起来，盯着夏沐兮，屏住了呼吸。但夏沐兮并没有接着刚才的话说下去，而是毫无征兆地转移了话题。她说："对了，你之后告诉美儿一声，说我来过了。"吴桐听着她的嘱咐还未有所反应。接着，他便看见夏沐兮突然转身，又走到了木桌前，拿起他的设计图。只见她扭着头，回身对吴桐说道："你这画工还可以。"夏沐兮放下了手里的设计图，只说了这么一句。吴桐无法从她的表情中窥探出其他来，只简单地回复了一句"知道了"，便又恢复了淡然的神情。或许此刻，他觉得没必要因为这个不速之客搞得紧张兮兮的，也就释然了。

"不打扰你了，我走了。"夏沐兮显然是看出了吴桐的心理变化，又补充道，"我觉得，你最好别把注意力局限在创意和制作上，现在很多流行的设计和制作虽然都不错，但是……"吴桐又紧张了起来，先前所有已经安抚好的不安和忐忑情绪在这一刻又卷土重来了。他弱弱地问道："但是什么？"夏沐兮不假思索地回复道："这裙子确实不错，没忽视我们中国的传统！"吴桐听了，有点不敢相信，但还是很感激地点头道："谢谢你！"

吴桐想起了自己给这款长裙取的名字——遇见，他觉得，这名字的内涵，眼下看来，在刚刚被确定时，远没有这一刻更显得丰富多彩，是内外兼具般的名副其实。这种种的"遇见"不单单体现为完成了一件服饰。吴桐觉得，这"遇见"更多体现的就是自己的人生，是自己对梦想和追求的不放弃，也是继续努力行进在路上的动力。吴桐希望，在这样的前辈面前，获得对自己更有益的指导或是指引，虽然吴桐并不知晓夏沐兮的段位级别，但是仅仅凭借夏沐兮拥有的制衣材质，以及她刚刚的那些判断，吴桐便足以明了，她的能力绝对在自己之上。"大方向虽然没错，也不能忽略了细节，你能做出更好的服装。"夏沐兮脸上没有什么表情，但这话却让吴桐感到异常的温暖。这样的褒奖虽然很笼统，并不具象，但是已经让吴桐开心不已了。毕竟，这份肯定对于一个失败者而言是很重要的。

"我那房间的门肯定不锁了，那床底下有个红木箱，跟那个屋里的是一对，里面的东西，随你用吧。"夏沐兮说这话时，似乎十分肯定那木箱里的东西对吴桐是有用的，但于她自己，却是无关紧要的了。这让吴桐想起了，租房时虞美儿的态度，也是这般，好似这个家是她不要的了。"谢谢你了，但即便你那房间的门不锁，你那屋的东西，我也不会随便乱动的，这点你放心。"吴桐回复夏沐兮道。对于夏沐兮的信任，吴桐是欢喜的，但他也无法做到欣然接受。虽然木箱里的东西或许会是他需要的，但是知道适可而止才更符合他自己的性格。这也是对他人的尊重。"那就随你吧，反正也是我不可能再用的东西。"夏沐兮说完，又补充了一句道，"反正能用上的你就看着用，用不上的，就只能让它们永远不见天日了。"说完后，夏沐兮将自己的目光转向了窗外。这种茫然、冰冷的表情，吴桐是见过的，类似于T台上模特们的"扑克脸"。他认为，模特有这样的表情是为了让观者将更多的注意力集中到身上穿着的服装上，但是现实生活中，是没有人愿意看到这样的表情的。毕竟，眼睛是心灵的窗户，而人的表情则是心灵的晴雨表。

"宠物店的人说看到你领卡卡出去玩了。"夏沐兮问道。"是的，卡卡跟我很投缘。"听到卡卡的名字，吴桐觉得很亲切。他自认为，与卡卡之间的感情源于彼此之间的陪伴。"卡卡特别爱啃骨头，我刚离开那几天，卡卡没怎么吃饭。"夏沐兮说这话时，没有多余的表情，但是却从手包里拿出了一百元钱放在了吴桐身旁的木桌上，接着又说道，"麻烦你这两天，有时间去给卡卡买一些大骨头，煮熟了喂它。其他的，我也是无能为力了。"说完，夏沐兮转身离开了。吴桐站在原地，看着木案上的钱，又看一眼已经走到大门口的夏沐兮。他怔怔地看着夏沐兮走出了厅门，步下台阶，绕过枣树，穿过葡萄架，像极了虞美儿当时推门离开时的场景。"这娘俩……"吴桐不由得嘀咕了一句。

七

在夏沐兮离开后，吴桐看了看卡卡，似乎想到了什么，突然兴奋地大声对卡卡说道："卡卡，等着我，我这就给你买你最爱吃的大骨头去。"

吴桐觉得，夏沐兮留下的钱不仅仅源于她对卡卡的责任，更有一份她对卡卡的爱。这就像虞美儿临走时又返了回来，跟他反复强调照顾好卡卡的原因是一样的。卡卡是她们割舍不了的一份牵挂。

八

很快地，吴桐到了超市，给卡卡买了骨头，也给自己买了很久都没吃的牛肉。他觉得，偶尔犒劳一下自己，也不失是一种好心情的来源。他还选了一些青菜、一些方便食品，以及两个看上去很圆、很红的西红柿。

看着自己买的这些新鲜的蔬菜，他突然觉得，这些蔬菜之所以长得如此鲜活，或许就是为了等待某一个顾客能拿起它们，吃掉它们。这或许就是人和菜之间缔结的一种缘分吧。这些不被关注的日常,都是冥冥之中有什么东西在牵引,让他们彼此之间产生了联系。这或许就是生命轮回的本质,来到这个世界上,用不为人知的方式,再以某种结局离开,不声不响,悄无声息,但却完成了自己的使命。

食物,是被吃掉的使命。

时光,是被流逝的使命。

记忆,是可以储藏的使命。

而此时的吴桐则是以一种快乐的心情,完成了夏沐兮交给的任务,即让卡卡吃上它爱吃的大骨头的使命。

九

吴桐给卡卡炖了骨头,也给自己炖了牛肉,在肉差不多快熟时,又放进了西红柿。雪白的盘子里,棕色的肉和红色的西红柿,在绿色香菜的点缀下,闪着冷暖相宜的光芒,而一旁的一碗白白的米饭,则如月下池塘。一桌菜就像一幅画,把吴桐的思绪带到了在家吃饭的旧时光里。从前的他根本不在意一桌的菜是如何烹饪的。但这一刻,看着自己亲手烹饪的美食,他是激动的,是愉悦的。吴桐看了一眼窗外,他觉得此时的卡卡估计比自己更快乐。

看着面前的一桌红绿棕白,以及淼淼不散的热气,他突然觉得从前自己感到的一种日常的无趣,并不是源于生活的无聊,而是自己缺乏对美好的发现。他甚至于觉得,曾经自己所体验到的那些失败,也不仅仅源于现实的残酷,更多的是源于自己的内心,即始终在荒芜且缺乏生机的荒漠里,打着追求梦想的旗号,在自己灵魂无处安放的不安和恐惧中,艰难前行。

此刻的吴桐也想起了大学毕业前夕的那些日子。因过于留恋大学的校园生活，他总是在清晨或傍晚，来到《时装设计》一书中提到的名为"半塘荷"的凉亭里，久久逗留、徘徊。在这里，他曾写下了一首与凉亭同名的诗：

最美不过

半塘迎风摇曳的荷

仿若落珠一颗又一颗

是绿野中的花朵

伴几许未知的高光时刻

随几多碧翠婆娑

将美颜涂抹

将留白

全部送与寂寞

一任花香

与半塘的清净之水

相依着和谐

想着想着，他忽然觉得，这世间的人，即使再怎么衣食无忧，也是无法填补内心的空白的。与其陷入过去的泥沼里，不如现在行动起来，说做就做吧！于是，他下定决心，吃完饭后，便开始着手将已经成形的"遇见"进行修正、完善。

他要用自己所有的学识和才华来打磨这件"遇见"。当然，他也认为，打磨可以是小范围的，或许也可以是颠覆性的。他想要用半透明的纱，进行覆盖；他想用若隐若现的朦胧，进行颠覆；他想用他从没使用过的长裙加长版，进行一次新的尝试……

十

看着这件差不多快完工的长裙，吴桐的思绪超越了眼前，飘向了遥远的国度。那是一处他从没未踏足过的土地，仿若原始丛林般，不仅有清晨的甘露，有纯净的河流，有一尘不染的花草，也有他思绪花火的根芽。在那里，他那小小的思绪根芽已经茁壮成长，向着天际延伸，其长势犹如被晕染的水墨，散漫中又带了点不可阻挡的气势……

"这才是我想要的好日子！"吴桐自言自语道。他想通过自己的努力，为梦想，为他人，让想象与才华，通过自己设计制作的服装，创造出一种与生活有关的美感。诚然，一件服装所要达到的目的，如果仅仅是用来裹体，那么再丰富的颜色、再巧夺天工的制作、再高级精致的用料，也是没有意义的。

他拿起了笔，对眼前的空白纸页审视了片刻，然后任由脑海中的灵感在笔尖流淌开来。没几分钟，一幅极具中式味道的设计草图就展现在了眼前。以传统色彩为底色、以中式裁剪为手段……每一个细节都完完全全是中式风格。

或许这就是灵感的魅力吧。只要它到来，笔下的一撇一捺，都是世间一草一木、一花一朵，或者是一墙一院的风雨的呈现，或是起起落落的人生反馈。在这一刻，人一切的经历，一切的情绪，都一一落于纸上，清晰明了，修改或修正，也只是为了更完美。"真好。"吴桐停下了笔,又不禁感慨道。

在傍晚的余晖洒满院落,照到窗棂的那一刻,他已经完成了画稿,足足有十二页。每一页都是完整的个体,不需再做什么改动。"真好!"吴桐翻看着设计草图,再次情不自禁地感慨道。他看了一眼墙上的石英钟。他认为这一刻实在是太重要了,是值得铭记的时刻。他要牢牢地记住这个时间。在这一刻,他将脑海的抽象的想法变成现实中具象的事物。

这是他自己创造的服装,是具有中国传统风格的服装。他感觉特别好。这里面倾注了他的执念与热情,与他的生命紧紧相连,既炙热,又让人沉醉。

之后,吴桐麻利地将各种用具归拢到一起,开始将图样转变为作品。他用画线笔在新选定的布料上画好图样……就这样,在尺笔之间,随着剪刀与布料交合时发出的"咔咔"声,在这一方木案上,一块块布料在他的手上有了新的变化。

十一

傍晚再次来临。与头一天傍晚不同的是,卡卡与吴桐之间因为一块大骨头,不再生疏了。按照头一天的路线,他们又开始了一天里的漫步时光。一人一狗慢悠悠地走到一处适合远眺的地方,并在这里站了好一会儿。看着天边的云霞,在最后一抹炫彩消失殆尽时,吴桐有点黯然神伤,但很快便隐藏了情绪,下意识地拍了拍卡卡的头,道:"卡卡,我们回家吧。"

卡卡仿佛完全听懂了似的,摇着尾巴,一边向前方奔跑了起来,一边还不时回头看看吴桐，生怕他赶不上自己，或走丢了似的。看着卡卡前进的方向，吴桐的思绪也飘向了远方。吴桐庆幸自己还算幸运，此时此刻的他不再是孑然一人，不再是浑浑噩噩，没有方向。此刻的他看着时不时回头望的卡卡，倍感温暖。因为在这里，他感受到了被需要，他找到了前进的方向。

一只小小的狗，一个回望的眼神，将吴桐内心的迷雾一一吹散。他觉得十分不可思议，又觉得很荒唐。他自嘲式地笑了笑，或许这就是同病相怜吧。

十二

吃过晚饭，吴桐将自己置身在灯光下，听着剪刀剪布料的咔咔声，缝纫机缝合布片的嗒嗒声，以及画线笔画到布料上的窸窣声，吴桐觉得，这些声音如诗意盎然的长短句、如歌声中顿挫悠扬的旋律。

在寂寥的长夜，进行关于美的创造，对吴桐来说，都是生命，是以不同的方式展示生命。吴桐深度沉浸于一种忘我的境界，木案上的白纸、笔、尺等，一切都仿佛在等待着，等待自己的使命得以顺利完成，或等待吴桐再接再厉。

吴桐的脑海中的设想被顺理成章地挪移到布料上，只几笔随意的勾描，只几道随心的裁剪，衣服便从零散到完整、从可看可观到被认可。

吴桐比之前那一晚更自信，仿佛所有的灵感，在这一刻被重新激活了，吴桐比之前更清晰了然地找到了自我、认知到了自我，也完善了自我。

吴桐信步走出房门,在凛冽的寒风中,站在屋檐下的石阶上,看着朗月下灯火辉煌中的繁华地带,所有的自认为的壮志未酬,都在这一刻的安宁里,不值一提。

人就是应该这样不断成长,不断自我认知,不断成长和成熟,这才是真正意义上的活着。吴桐想到了虞美儿和夏沐兮都向自己提到的那个红木箱子。

吴桐回到做衣服的那个房间,将长木案下面的红木箱盖轻轻打开,不禁呆住了。木箱里,几乎是满满一箱的布料。最上面是一块叠放整齐的亮灰色的布料,细割绒的材质,手感极其柔软。将布料拿到灯光下,可以看到细绒尖处闪闪烁烁的光点,轻轻那么一抖动,手心处的布料便一如山涧聚集的山间溪流,旋回幽深。这样的布料无疑是制作炫彩华服的不二之选。可以想象,在一溜溜云锦缎的绲边封口的衬托下,这样一款长袖衣衫或无袖马甲会彰显出何等的尊贵与奢华。

服装所要表达的豁达自然、甜美浪漫、热情洒脱,与用料息息相关。此时此刻,这层层叠叠的布料,在吴桐的眼里,已不仅仅是布料,它们就是一场安排好的梦幻场景。

吴桐想象着与它们在白日的安静中,在夜晚的安宁里,用形状,用色彩,用穿针引线,用缝合修饰默默无言地进行着对话、交流,直到制作完成,他们将被某人一件一件地穿到身上。这人必定是虞美儿了。

吴桐将所有的布料都拿出来,然后将它们一一摆放到一起,通过色彩的排列比对,一边赏看它们之间色彩上的差异,一边通过各种布料的纹理,挑出一款最喜欢的布料。

浅灰色的花蕾锦缎,如果不是近距离地观看,会以为是立体提花的双层绣。点缀其间的细小花萼,恍若清晨来临后,水色漫延的青石阶上一朵挨靠着一朵的牵牛花,在栅栏上迎风开放。

妙不可言。吴桐看着这一块又一块的布料,想象着它们的历程。它们被人织就,又被收于木箱,又千里迢迢地被运到这所屋宅,然后不知被搁置了多久,终于在这一刻,一一平展在自己的视线中,他有一种心旌荡漾的感激。

在吴桐的眼里,它们都是鲜活的,与自己一样生长、生活的生命。万物皆有灵。他必定用自己所有的才智与想象,在最短的时间内,创造出一件又一件美丽的服装,而这段日子,是岁月对自己的恩赐。

吴桐感到了很少有过的幸福,虽然这些布料,自己也可以亲自到网上或市中心的商厦里去采买,但是那样的寻觅过程,怎抵得过这突然闯到自己眼前的惊喜与美好。他仿佛看到了虞美儿已经穿上了自己用心制作的美丽服装,款款向自己走来。或许,这就是设计的极佳状态,如同云里雾里的朦胧,有时仿佛抓不着,但又实实在在地尽收眼底。吴桐拿起了剪刀,感受到一触即发的灵感稍纵即逝。

还好,吴桐一一抓住了它们。

十三

夜更深了,深到火车途经住处的声音都不如白天那般张扬急速,一切都在安静中。此时的吴桐依然丝毫没有睡意,在设计草图上,奋笔疾书,标注着颜色说明、线条走向以及对细节的补充等。

吴桐希望通过自己细致的描绘，将脑海中的灵感一一具象化。此时的设计稿上，呈现的是有着深浅过渡的橘黄底色，带着亮灰色和银白相间的绲边，弯曲的裙摆带着流苏。他觉得，这样的修正让这条长长的裙裾如清晨或傍晚草丛深处的虫鸣，时断时续，细细密密又绵软悠长。透过这一件裙装，让人能感受到悠远而清脆的声响，如同正午时刻，阳光直接照射到院子里或窗台上，温暖可人。

长裙虽然还是那一条，但是已经不是那一条了。或许是与那一条有关联的系列。是的，"系列"。吴桐看着最后的定稿，想到了这两个字，不禁开心怡然地看了窗外一眼。窗外隐隐约约有了鱼肚白。门口木架的回廊处，那棵顺着木架爬到横梁的葡萄藤，弯曲着，与布料颜色完全不同，但感觉上是很相近的灰褐色。由此，吴桐自然而然地想到了领卡卡回来的那条路上，曾经路过的一处，几近于残破的，仿若九曲回廊的废址。那个地方很寂静，也很荒僻，不过是几根木柱、几捆围绕亭顶的狂劲芒草，以及正中央处的破旧石凳，却让人在一眼看去时，完完全全地体会出青砖素瓦的古色古香。最大的那根木柱上写着被烫了红漆的四个大字"从善如流"。虽然不过是四个大字，却无论远观还是近瞧，都可以看到书写者运笔的力量，走笔的顺畅。在城市里，仿古建筑到处都有，但是都没有这里的书香气十足。

这时，醒来的卡卡站在门口，看着院门外偶尔走过的行人，或乱叫几声，扑蹿几下，或没有任何声响地只是安静地目不转睛地看着，一如刚刚见到自己时那样。吴桐掂起一条只有几寸的轻纱，算是一条长长的丝带，边沿剪开，带着已经脱节的经纬线，闪着银色的光。通过质地，我们可以看出它的精工细造。这让吴桐十分惊叹，虽然这不过是一条有可能永远不会被使用，甚至会被丢弃的长长的丝带，却是这么的有光泽，让人爱不释手。

　　吴桐仿佛已经预见到了虞美儿见到这件长裙时的惊喜。他认为，或许这就是创新或创造所能给人带来的力量。他快速地用画线笔在铺开的布料上描画着。没过多久，他便用一根又一根或直或弯的线将那块布料分成了形状不同的一片又一片。然后，他悉心地将它们一块一块地进行分割，再将分割好的一片一块的小小布块小心地堆叠到一起……

十四

　　天放亮了。刚刚过去的这一夜，虽然与之前的那一夜没什么区别，但对吴桐而言却是十分重要的。这是新的开始，让他觉得自己又有了无限的可能性。他觉得自己的梦还在那片繁华之中。他甚至觉得，或许冥冥之中真的有一种天意，把他留了下来，继续追求自己的梦想。

　　吴桐感受到了一种极其明晰的力量牵引，让他有了山穷水尽时突然"柳暗花明又一村"的惊喜，让他可以步履不停，继续追梦。不仅如此，这种感觉还能随着新一天的到来，周而复始。

　　吴桐觉得，这两个白天和两个夜晚，在自己的人生中，完全是可圈可点的存在。这与他决定留下来重启人生一样，既可以成为告别过去的一个重要仪式，也可以成为一切重新开始的起点。虽然这并不是他在这座城市里度过的第一个和第二个夜晚，但确实也是意义非凡的。此次此刻，他感受到自己发生了明显的变化。这是不同于以往任何时候的变化。

事实上，白天与黑夜不间断地努力，于他而言，并不是负重前行，也不是十分漫长，而是追逐梦想路上的奋斗，是有光明、有希望、有信仰的奋斗。这是成长的必经之路。没有人的人生是可以不经奋斗就随随便便成功的。

确实是成长。吴桐觉得，自己的人生不仅有了一个开始，而且是崭新的开始。当清晨的曙光透过玻璃窗照到房间时，他不但没有丝毫的倦意，反而觉得一切都刚刚好，未来无限可期。

十五

天大亮了。吴桐缓缓睁开了眼睛，他看着掉落在脚边的布角和软尺，愣了半天。不经意间瞥了一眼墙上的石英钟，才发现，这已经是接近正午的时刻了。

他熬了个通宵，自己也不知道是啥时候在椅子上睡着了。喜鹊站在窗玻璃外似乎在叫他起床，刚睡醒的他向喜鹊摆了摆手，喜鹊随即飞到院里的枣树上。树下的卡卡早已等待多时，抬着头盯着枣树上的鸟儿看，一鸟一狗又开始了新的一天里的无言的对视。

吴桐觉得，这像极了自己小时候遇到过的情景，看着小同伴们蹦蹦跳跳地在自己的眼前说着自己充耳不闻的话，玩着自己不想参与的游戏，想着只属于自己的时光，让快乐静止自己的心田再变成可以回首的记忆。吴桐不禁笑了，他觉得自己仿佛是参与到了喜鹊与卡卡的无声交流中。这种交流无需任何内容，无需任何设防，没有由头也无需由头，像禅宗坐定修行般，只要自己保持着一份安静与平和即可。

吴桐看到院墙处有花盛开，淡蓝色的，像牵牛花，又比常见的牵牛花小了点。或许是无人打理，这些花有点矮小，没有耀眼的光芒。看着这些花儿，吴桐想起了刚准备离开时的犹豫不决。

那样的时刻，吴桐再也不想经历了。那是一种生无可恋的无奈，让人寝食难安。吴桐发现，一个放杂物的小盒里，有一个瓷质的小花，是粉色的，用细笔画就。那朵小花的纹脉，在若隐若现的阳光下丝丝缕缕的，或交错，或平行，像是有生命力般，散发着光芒。

"真好看。"吴桐不禁感慨道。这样的小物件最适合作为衣服上的点缀了，再加几缕丝线坠饰，或牵出一根襻带，就可以让小小的物件最大限度地发挥其独特的魅力。一如玉露金风的妙龄少女与少年，明亮的眼眸，欲言又止的那抹红唇，显得肌肤如雪，秀发如瀑。所有的一切，无一不在璀璨的炫美中绽放着夺目光彩，虽然仅仅是一朵小花。吴桐将瓷质的小花拿捏在手指之间，细细赏看时，被这不经意的发现所深深打动，仿佛自己的心思也被陡然映亮了。

所有的不舍得、不甘心……都成了吴桐一直坚持的理由。在这时，他不再像几天前那般举棋不定，而是已经走在了追梦的路上了。

十六

"卡卡，你不是最爱出去玩吗？"匆匆吃过饭，吴桐走到卡卡身边说道。

卡卡饭盆里原先大大的骨头已经被啃得只剩下细细碎碎的渣了。它趴在一旁，没听见似的，一副病恹恹的样子，简直比熬了两夜的吴桐还要憔悴。

"卡卡,走啊,我们出去玩儿。"吴桐用手碰了碰它的耳朵,说道。可卡卡依然是一动不动。"生气了?"他问道。此时的他只是觉得自己把所有的注意力都放在了服装设计上,由此忽略了卡卡。卡卡成了可有可无的摆设,所以正在跟他闹情绪呢。

"你生病了?"吴桐追问道。此时的卡卡与他所了解的那个十分活跃的卡卡迥然不同。"火腿肠,吃吗?"吴桐将火腿肠放到卡卡嘴边,想要以此来引起卡卡的反应。可卡卡依旧是一动不动。吴桐有点心慌了,他猜测卡卡或许是真的生病了,或许是被自己冷落,抑或是因主人离开让它感到被抛弃了,由此抑郁了。他不禁流露出一种怜悯的哀伤,也不禁想起了之前的自己也是这般渴望有人关照、守护。

看着卡卡可怜兮兮的眼神,吴桐知道它不吃饭,也不想出去玩的态度,分明是在告诉自己,它确实很难受,确实很悲伤。"我领你看病去吧。"他对卡卡说道。卡卡依旧是无动于衷。

吴桐随即抱起了卡卡,向着曾经他们一起遛弯时路过的那家"旺旺"宠物医院奔去。这家"旺旺"医院从店面规模来看,更像是一家宠物的综合店,有很大的落地玻璃,上面贴满了各种狗狗的照片。遛弯时他就注意过,上面没有一只与卡卡品种类似的狗狗。

"咱看医生怎么说。"吴桐安慰卡卡道。他发现,这时卡卡的眼神里,哀怨少了很多,甚至会向他摇尾巴。虽然不解其意,但吴桐能明显感受到卡卡情绪的改变。

十七

"卡卡没什么毛病,就是缺水了,它想喝水。"

宠物店的老板听了吴桐的简单叙述,先是仔细观察了卡卡的状态,然后一边说,一边将手边的一个不锈钢的小盆拿到卡卡面前,接着拎起一个水杯,将杯子里的水全部倒进了不锈钢的小盆里。卡卡见了,立即摇头晃尾地、大口大口地喝起了水。

"缺水就会没精神,这狗跟人一样。"宠物店的老板一边看着卡卡开心地喝着水,一边对吴桐解释道。

听了医生的话,吴桐着实觉得有点难以置信。但是他看到喝完水后慢慢恢复状态的卡卡,又不得不相信了。

"你觉得不对?"宠物店的老板看出了吴桐的疑惑,一边看向喝水的卡卡,一边扭头问道吴桐。"我认识卡卡,也认识卡卡的主人,只是不知道怎么换成了你领它过来看病。"宠物店的老板补充道。说完,他开始认真打量起了吴桐。吴桐见了,很不自在,又不想做什么解释。他发现卡卡已经喝光了小盆里的水,搪塞了一句"没什么",便抱起卡卡仓促离开了。

十八

"你想喝水就告诉我啊,吓了我一大跳。"

吴桐将卡卡放到宠物医院门口的路边上,看着喝过水后恢复元气的卡卡,才突然想起,有一次卡卡守在它的饭盆旁边,摇头摆尾地向吴桐讨好,见吴桐不予理睬后,还用嘴将饭盆推送到了他的脚边。吴桐这才恍然大悟，卡卡原来是在要水喝。奈何，当时的他一点也没明白。

"卡卡，你如果会说话就好了。"吴桐摸着卡卡的头一边说，一边又不禁沮丧起来。吴桐认为，交流不仅仅存在于人与人之间，人与各种事物之间或许也是可以交流的。

"卡卡！"吴桐正想着领卡卡先回住处还是去哪儿玩耍时，住在隔壁的芋头突然出现在卡卡的身边，叫了它一声。

"卡卡，你这会儿精神多了。"芋头蹲下身，一边说，一边将自己的手臂搭到卡卡身上。卡卡心怀感激地看看吴桐，又看看芋头，然后摇着尾巴，看向了街道。

"早晨我喊它的时候，它看都不看我一眼。"芋头笑盈盈地冲着吴桐说，语气显得十分亲昵。可是，吴桐的内心还是和芋头有生疏感的，这不仅仅体现在年龄上，他认为，或许有一天，自己会离开这里，但芋头不同，芋头还会住在这里。

"它那会儿太渴了，喝了水就好了！"吴桐想说自己刚刚领卡卡去了宠物医院，但又怕自找烦恼，便没有多说什么。

"你们玩儿去吧。"芋头见卡卡急不可耐地想跑，便随意嘱咐了一句，主动离开了。吴桐并不想被卡卡左右自己的方向。生活在这样一个偏僻的地方，对吴桐而言，重要的不是这里的事物，而是他需要一点时间来调整自己。

但是，每次走着走着，就会变成是卡卡领着吴桐到处走。吴桐想，有些事还是不能自己做主啊。

十九

傍晚,静谧而美好。跑累的卡卡一回到家,便跳到门厅的木椅上,懒懒地躺下,一动不动。这时,无论吴桐怎样在它的眼前走来走去,它都跟没看见似的,再不是之前那般的围前围后。

吴桐站在门厅处,看着院墙外的一片晦暗中有些住户家的灯亮了,但仅仅是亮了一盏而已。同样是光亮,市中心的灯火辉煌,怎就那般如梦似幻的绚烂闪烁,而眼前,除了火车开过来时的轰鸣,便是长时间的万籁俱寂。

他心绪复杂,视线越过那些低矮屋顶之上,看了一眼月亮。此时,月亮剔透如圆盘,正慢慢升起。这一刻,吴桐觉得很凄美。他径直走进了做服装的房间,觉得这个房间比自己刚刚见到时温馨了许多。吴桐觉得,这一夜必定要与一种盼望已久的美好不期而遇。吴桐将所有关注集中在布料、细线上。在这个即将到来的,闪亮且色彩斑斓的夜晚,吴桐希望能完成服装制作。

吴桐坐到木桌前,带着从未有过的庄重。他看向房间的每一个角落,产生了既陌生又熟悉的复杂感觉。吴桐觉得自己就如一粒在房间角落的尘埃,虽然自己可以与自己很好地相处,但是却异常孤单,一如从前。这一刻,吴桐睡意全无。

"我一定要做出我最满意的服装。"吴桐随即调整好了自己的心态。他抖开一块将近六米的细棉布料,既没设计,也没规划,只是静静地看着,便感觉到了灵魂深处始终潜藏的激情豪迈。吴桐的脑海浮现了风中细竹摇曳的绰约风姿,它带着星星点点的光芒,像吴桐此刻迸发的灵感,只要吴桐的画线笔,稍稍触碰到布料,一切便可以顺理成章地开始。

吴桐太喜欢这种时刻的状态了。他再次拿起案板边沿处的那些画纸，只不过是线形描白的一个须臾，匆匆几笔的勾勒，便将一款绝对是更适合虞美儿的秋装，如秋菊绽放的动感婆娑，水墨晕染的深浅不一，跃然于纸上，只须臾间，白纸上，便开出花朵般的美丽图画。

吴桐无比欣悦地看着那刚刚一挥而就的美图。图纸带着安宁的静美，让吴桐倍感温馨。虽然这仅仅是制作服装过程的第一步，但这第一步，仿佛已经让吴桐看到了全部。只是，吴桐没有任何的选择，只能按照程序，按部就班地进行。

吴桐想起了夏沐兮房间里也有一个红木箱子。吴桐走进夏沐兮的房间，心想，只要自己轻轻揭开红木箱的盖子，便可以看见红木箱里的东西。或许，这个红木箱里的东西和做服装的房间的红木箱里的东西是一样的。但是，直觉告诉吴桐，自己不应该打开，而是应该离开。

即便当时的自己不过是做了一个随便的承诺，也应该认真遵守。吴桐觉得，守约两个字，应该是自己必须遵守的原则。如同这一刻已经开始的探秘，虽然已获得主人的应允，但自己还是应该适可而止。可是好奇心还是让吴桐掀开了床单的一角。原来只是两个一模一样的红木箱子而已。吴桐即刻关了房间的灯，毫不犹豫地离开了。

吴桐又回到了做服装的那个房间。他觉得房主即便离开了，房间里还保留着房主生活过的气息。这样想着，吴桐的头脑里瞬间升腾起一种云雾状的花团，仿佛自己置身于花海之间，周遭的任何一处都绚烂缤纷。这缤纷仿佛被飞鸟和微风裹挟着，在吴桐的周身旋转、聚散，吴桐觉得自己被包围了，被淹没了。

吴桐就在这样的状态里，不由自主地拿起一张白纸，再次一挥而就，但是已经完全不是从前的那般感觉，带着古风的字字句句，这时一股脑地跟着那些思绪，在吴桐的想象里落地、生根、发芽。落日、流水、蒹葭苍苍、白露为霜……这些美丽的词汇与虞美儿的裙裾相得益彰。

吴桐仿若禅定到一向求之不得的无我状态中，只听得静夜里窸窣的响声和微弱的鼻息声。时光汩汩流淌，吴桐保持着一种兴奋、激越的状态，一直到窗外亮起淡淡晨光，阳光缓慢地爬上窗棂，然后，小心翼翼地透过玻璃窗，陡然闯进房间，一一洒落到各个角落，让房间内的色彩无比辉煌。直到一缕强光，直射到吴桐的脸上，吴桐才在暖洋洋中睁开了眼睛，有种恍然如梦的感觉。

吴桐清醒了，坐起身看着橘黄色的长裙，才了然自己竟然直接坐在椅子上睡着了。

阳光，闪着奇异的光彩，让房间里的一切带着夜里不可能有的灵性。吴桐觉得布料本身也有灵魂，它不只存在于服装做成之前，也在服装做成之后。成品后的服装，被有缘之人买回家，被洗涤、被收藏，或被穿在身上穿行于大街小巷，被有缘或无缘的人看到，在这个过程中，服装无不彰显着自己的灵性。一件服装完成了自己的使命之后，便如生命一样，尘归尘，土归土。

这不能不让人感到悲伤，又不能不让人感到欣慰。悲伤的是，永恒永远是一种奢望；欣慰的是，终于来这世间走了一遭，无论是什么形式，都曾来过，这就足够了。

吴桐在静谧之中，感受到自己与自己灵魂的沟通。吴桐在一边思索一边劳作的过程中,将长裙的制作进度又向前推进了一大步。

长裙外层的绳边,流苏般地从衣领的右肩处滑过胸襟,再从左腋下,通过一个绳结,固定在隐藏拉链的上端,然后半圆形的边顺延着隐形拉链的外延,一直垂向腰际,别有一种神韵。

二十

吴桐想起了自己原来的"梧桐服装"易主后的新主人——"逍龙时尚"的徐逍龙。最初,徐逍龙只是"梧桐服装"的一位客人。他是一位眉目清秀的文艺范儿很浓的青年。对于徐逍龙的第一印象,吴桐是没有太深的记忆的,只记得徐逍龙穿着很时尚,给人文质彬彬的感觉。但是,徐逍龙在第二次光顾"梧桐服装"时留下的一句话,却让吴桐终生难忘。

"我是你这'梧桐服装'房东的侄儿,叫徐逍龙。"

吴桐当时听了,还没反应过来,就见徐逍龙冲他摆了摆手,离开了。

"这人怎么回事?"

吴桐记得,当时自己很诧异,为什么徐逍龙要说这么一句话。

"房东的侄儿很了不起?"吴桐很不爽地问了自己的助手陈晓薇。陈晓薇对这样的问话根本不感兴趣,头都没抬地敷衍了吴桐一句。

吴桐虽然有些疑惑不解,但见陈晓薇无动于衷,也觉得是自己多虑了。直到后来,徐逍龙成为接手"梧桐服装"的新店主。吴桐才恍然大悟,原来有些事看上去好像一点儿都不搭边,但实际上都是冥冥之中有安排的。

所谓命运的剧本就是如此吧。当你自认为很努力、用心时，一个或一些悄然靠近的人或事件，在某一个时刻，把这一切进行了颠覆性的改变，这该是多么不幸的事情啊！以前吴桐只要一想起来，就会心情压抑，对命运的不公十分不满。但现在吴桐反倒认为是命运为自己关上一道门时，又开启了一扇窗。

或许，自己的人生拐点到了。或许，是命运在用这样的方式，让自己了然，这就是人生的拐点，必须对以往进行一次颠覆性的改变，才能改变原来停滞不前的局面，要开始重新设定未来了。重新设计未来，意味着要提升自身的能力，尤其是他处在飞速发展的服装行业中。

一切都顺理成章，水到渠成。

一切都飞速发展，日新月异。

"我最初跟我大伯说要租用他这店时，没想到你比我来早了一步，但我也没想到，我们会以这样的方式相识。虽然你准备离开，我还是希望有机会我们能一起合作，这是个合作共赢的时代。"吴桐与徐逍龙签了交接协议后，徐逍龙收起手里的墨水笔，用大度、平和的语气对吴桐说。

吴桐觉得，自己或许就是在那一刻，感觉自己真正站到了人生的十字路口处，四下张望，目光所及的地方，哪里都有方向，但却不知自己应该去往何方。直到吴桐无奈地收拾了行囊，到了火车站，他依然不想离开。

自己就是在那个时候见到了穿着克莱因蓝衣服的虞美儿。也正是因为这一瞥，在他心中隐藏很久的"设计服装"的想法被激发了出来，后来，他又阴差阳错地租了虞美儿的房子，看到了房间里她母亲留下的布料和各种制作服饰的工具。在这一刻，吴桐相信了命运。

二十一

吴桐准备去一趟"逍龙时尚"。一方面，随意走动走动，另一方面，吴桐也想看看"梧桐服装"易主后的样子。虽然现在已经和他没有任何关系了，但是这里曾经也是他追逐梦想的地方，是保有他很多回忆与遗憾的地方。

想到这里，吴桐更觉得有必要回去看一看了。

二十二

"吴桐？"陈晓薇见到吴桐时，十分惊讶。

"你不是回老家了吗？怎么又回来了？"陈晓薇无法相信自己的眼睛，问道。她看着吴桐，围着他转了一圈又一圈，打量着。

"我不但没走，还租房住下了。"吴桐看了一眼陈晓薇旁边的徐逍龙说道。徐逍龙也是一脸疑惑。

"租了哪儿的房子，我下班后去看你。"陈晓薇惊讶地追问道。吴桐的内心一阵惊喜。有那么一刻，他觉得自己的登门造访成了陈晓薇的希望，可这反而让他觉得有些不自在了。

"我要知道你还在这儿，我就不来了。"吴桐半开玩笑地说。

"你又要说啥？"陈晓薇听了，不但没生气，反而凑近了问吴桐。

这让徐逍龙的好奇心瞬间爆棚。

"你俩这一唱一和的都在说什么？我怎么听不懂？"徐逍龙问道。可是，吴桐和陈晓薇谁都没有回答。

"你不该卖服装，你应该去卖食品。"吴桐怼了陈晓薇一句。这让徐逍龙更是一头雾水了。陈晓薇依然是没有生气，只是轻轻地"哼"了一声回应道："我的人生，我是主人，别人说了都不算。"

插不上话的徐逍龙没看吴桐，也没看陈晓薇，而是把注意力放在了推门走进来的顾客身上。陈晓薇见了，也急忙迎向顾客。此时，只剩下吴桐一人孤零零地站在原地。他觉得自己有点多余了，便静静地看了一会儿，借口离开了。陈晓薇和徐逍龙也随口敷衍着应和了一句。

吴桐站在距离"逍龙时尚"门口的不远处，看着这个小门店。这里曾是他梦想的栖息地，是他最熟悉的地方，如今却如此陌生，哪怕多留一分钟竟然也没了理由。这真是世事变迁，难以预料啊！

不得不离开，不得不放弃，吴桐认为这就是他此行不得不接受的感受。

第三章 把酒问天涯

一

中秋夜到了。

在这样的一个夜晚里，吴桐知道自己只能又一次地在这座城市里度过了。在这个举家团圆的日子，只有他孤零零的一人在这一方天地间，靠着自己对服装设计和制作的无限热爱，寻找着属于自己的快乐。

吴桐想给爸妈打个电话。可是，他不知道该说什么才好。爸妈听到什么才开心呢？好像能说的话，他们都已经听了很多遍了。

做了许久心理斗争的吴桐最终还是拿出了手机，点开了妈妈的电话号码。但是他看着、看着，始终没有按下拨打键，一如以往那般，直到手机黑了屏……

事实上，吴桐不是不想打电话，他怕自己好不容易建立的内心防线因为一通电话而崩盘，特别是在中秋节这样的节日里。毕竟，他的事业、他的理想非但没有成功，还差一点半路夭折了。这是吴桐无法接受的，他怕这也是自己的爸妈无法接受的，他不想让他们失望。

吴桐只能如以往那般，网购了一些糕点给爸妈寄去，聊表心意。

放下手机的那一刻，吴桐就想到了芋头。

二

"芋头叔,中秋夜马上就到了。"吴桐领卡卡出去遛弯回来时,在院门口处,恰好遇见了也在推门进自家院的芋头。

芋头与吴桐都各自推门走进自家的院里。"这个节日不错。"吴桐看着卡卡大口大口地喝水时,芋头将手臂搭到两家之间院墙的灰瓦上,显得很热情地回应着。

"你很爱喝酒?"吴桐问。

"男人,怎么能不喝酒?"芋头随口回应了吴桐一句后,一边弯腰拾起院里的杂物,一边回过头看着吴桐,继续说道,"我说的没错吧?"

"没错。"吴桐即刻回答。

"我请你出去喝,咋样?"吴桐主动对芋头说道。这不是心血来潮之举,从吴桐把"梧桐服装"解散后,他就一直想喝一次酒,可偌大的城市,他居然没有一个能陪酒诉说的伙伴。而此时此刻,这陌生的邻居成了最佳人选。

"去哪儿?"芋头回复得极快。这让吴桐有点吃惊。但仔细回想,在这之前,芋头也曾约过他,但那时吴桐以为他只是说说而已,算是一种客套的说辞。没想到,他是真的想和自己喝酒聊天。此刻,吴桐对芋头产生了改观,他认为,这个邻居应该是个心直口快的人。

"随便这外面哪家的小酒馆都可以。"吴桐回答道。

"知道你一说喝酒我就立刻同意的原因吗?"芋头放下手里的东西,走近两家之间的围墙,目不转睛地注视着吴桐。这种眼神让吴桐对自己刚刚抛出的橄榄枝多少有些后悔。

"不知道。"吴桐用一种自己都说不出原因的有些不耐烦的语气对芋头说。他不过是因为在徐逍龙和陈晓薇处受到了冷落,无处发泄才想喝酒的。当时,陈晓薇说过要来看他的,虽然吴桐知道陈晓薇的话不过是一句口是心非的敷衍,也看出了徐逍龙眼里的冷漠,但是吴桐还是抱有一丝希望的,希望幸运会降临,结果幸运从来都不是侥幸获得的。

人走茶凉就是这样一番景象,即便还有热情在,但只有真正了解后,才会知道,所谓的热情不过是存于外表的一种无用假象,比冷漠还伤人。也许是自己的内心不强大,不足以用来修补自己内心的脆弱。没错,是脆弱!吴桐看着芋头依然看着自己的眼神,便想到了"脆弱"这个词。

"你邀请我之前,我就琢磨,是不是中秋了,约你喝点儿,但是,一想到你是个年轻人,我不该带着你不学好。"芋头说。

吴桐听了,倒是笑出了声。"喝酒就是不学好?我已经是大人了。"吴桐觉得,芋头的多虑不仅仅是多余,还有些蹊跷。

吴桐敢保证,如果此时自己就在酒桌上,坐在芋头的对面,肯定会毫不避讳地说出自己那些过往,当着刚认识的陌生人,进行一番一吐为快的倾诉。

但是,吴桐不能实话实说。和盘托出事情原委,对方难道就会理解自己吗?

"不瞒你说,我高中毕业的时候就开始喝酒了。"吴桐笑眯眯地对芋头说。

"我比你还早。"芋头不仅笑着回应了吴桐,还"嘿嘿"地笑出了声。

"你不知道,我那个时候太小,根本不敢喝酒,但也不知道为啥,我就特别想喝。"芋头说完,几乎是兴高采烈地凑近吴桐继续说道,"一开始,我根本不知道酒还分什么度数,我跟我同学把他爸的半瓶酒,像喝饮料似的都给喝了。"

"你俩真厉害。"吴桐不禁表扬了芋头一句。

"结果酒喝没了,我们两个小人儿也完蛋了。那天在学校的围墙外,我们俩倒在地上睡了半宿。"芋头说完,嘿嘿地笑了好几声,然后继续对吴桐说道,"现在想想,那个时候的自己,真是天真幼稚,少不更事,让大人们无法理喻。"

"我也一样。"吴桐附和着芋头回答。

"应该是!"芋头根本就没听到吴桐说什么,便十分肯定地回应了吴桐。

"只是,这么多年过去了,现在还那么幼稚!"芋头自言自语地说了一句,然后用手指了指自家院门西侧的一家门脸和招牌都不太显眼的小酒馆,道:"他家不错,不用你破费,我请你!"芋头说话时,向吴桐示意了一下他的衣服,意思是他要换一件衣服再出发。

"我路过他家时也觉得不错,还是在外面喝酒更有情调。"吴桐回应芋头的建议后,发现自己变了。原来的吴桐无论什么事情,都不太在意对方的态度和表情,他只在意自己想说什么。

"对了,你是哪里人?"芋头走向自家门厅时,突然回过头来问也在进门厅的吴桐。

"我是哪里人不重要,重要的是今天晚上,咱们在一起,好好地喝一顿酒。"吴桐说完，竟莫名其妙地就想到了虞美儿。

吴桐觉得，这个时候，应该主动跟虞美儿打声招呼，顺道让虞美儿看看自己做的服装。自己再满意，也要虞美儿喜欢才好，虽然她的妈妈见过，也夸赞过，但衣服最后是要穿在虞美儿的身上。想到这儿，吴桐给虞美儿打了电话，说中秋夜即将到来，自己要邀请她喝酒。没想到，虞美儿接到吴桐的邀请后，欣然应允了。

吴桐挂断电话，心里有几分说不清的怡然自得，好像这一直在内心存留的怡然自得，在这一刻，以这样的方式，让自己感到了不再孤单的喜悦心境。

吴桐为基本完成的长裙拍了照片。他准备在席间让虞美儿看看。虽然虞美儿先前已表示不喜欢布料的颜色，但是吴桐相信，喜好在某些特定的情况下是可以改变的。

吴桐认为，大家一起共度中秋夜是很好的形式。这种相聚不只是自己的需要，芋头也一定需要，虞美儿能答应，说明也需要。

每个人或许都是孤独的。因为无缘，大家互不了解，有着彼此不能看清的距离，之后再因为有缘，能够在一起，近距离地释放自己。吴桐清楚，这种邀约，不过是大家聚在一起，在短暂的时间内，说说笑笑，之后便又各自恢复到原来的状态中，但起码这个中秋之夜，自己能在这座陌生的城市里，感受到一些如家的感觉。

三

"我约了一个人，您应该不介意吧？"吴桐与芋头肩并肩走进那家小酒馆，各自准备落座时，吴桐对芋头说。

"没关系，不过是大家都冷清，一起过个中秋，热闹点儿更好。"芋头不以为然地说着话时，脸色竟然僵住了。

"我说吴桐……"芋头不再说话了。吴桐顺着芋头的视线，见到刚刚走进来的虞美儿。她的表情里不仅仅是惊愕，更有不相信。

虞美儿向吴桐摆了摆手，吴桐刚要起身，芋头一把拉住了吴桐的衣袖，然后用低得不能再低的声音问吴桐："我说吴桐，你怎么不告诉我，你请的是她呀？"

吴桐来不及回复芋头，便起身走向虞美儿道："你来了。"

虞美儿听了，根本没回答，而是一个转身，便要离开。

吴桐见了，急忙跑到虞美儿的面前，有些窘迫又不失理直气壮地说道："我觉得你们都是邻居，再说这中秋夜……"吴桐很想继续补充说，这中秋夜人多热闹，但是虞美儿只是看着吴桐，欲言又止后，说了一句："你俩喝吧。"然后头都不回地离开了。

"这人！"吴桐看着虞美儿离开的背影，知道是自己唐突在先，但是吴桐一回头，见已经起身的芋头，也准备离开。

"你这是？"吴桐看着芋头，不知该怎么应对才好。

"你自己喝吧。"芋头竟显得有些气呼呼的，他对吴桐冷冷地说了一句后，像虞美儿那样，也毫不犹豫地离开了。

"这是怎么回事啊？"吴桐看着瞬间空空如也的桌椅，好像不知道发生了什么，又分明清清楚楚。

"服务生，点菜。"吴桐坐到自己刚刚坐过的位置，在这突如其来的状况中，进退两难又不得不将这独角戏继续进行下去。

"一个人过中秋，又能如何？"这样的结果，虽然不是吴桐乐于接受的，但是对他来说，根本就不算什么。

用虚假的坚强，借助酒精的力量，支撑着这个已经到来的举家团圆的夜晚，吴桐又不是第一次经历。

再经历一次，又如何。

吴桐才不会真正在乎。

四

吴桐一口气点了菜谱上端并排的特色菜，有青龙卧雪、红烧肉、绝代双骄、清蒸鱼，还有虾爬子、蟹爪子，包括吴桐原来想好的——江小白白酒。

"这位客人，就你自己一个人，是不是点得太多了？"服务生看着吴桐。虽然他的话语温和，没有任何恶意，但吴桐就是听得十分刺耳。

"吃不了的，我都打包。"吴桐非常生气地回道。此时的他，觉得自己的运气实在是坏极了。

吴桐给虞美儿打电话，想解释自己不是有意要让大家尴尬，最重要的是，他想让虞美儿看看自己的作品。可是，他怎么也没想到，数通电话打过去后，虞美儿都一一拒听了。随即，吴桐又给芋头打了电话。芋头虽然接了，但是死活不肯回来。

"她走她的，咱俩喝，你怎么还跟她一般见识。"吴桐实在不明白，不过就是一顿酒，两家都是邻居，就算有过矛盾，在这样的日子里，怎就这么固执，不能退一步海阔天空呢。

"你自己吃吧，我已经到家了。"芋头回复道。吴桐发现，芋头没用你自己"喝",而是用"吃"。想到"吃"这个字,吴桐也觉得再计较谁对谁错已经没有意义了,自己点了这么一大桌的菜,浪费肯定是不对的。于是,在服务生前来上菜时,他将自己点好的菜退掉一半。

吴桐拿起想与芋头一起喝的酒瓶,看着商标上的那行字,"没有亲身经历,就不可能成为自己的回忆",这或许才是自己最好的陪伴吧。

他不禁一边倒酒,一边苦笑。人生有些时候就是荒谬,原本想的很美,也自觉很周到,结果瞬间变成了一地鸡毛。可是,他真的无法理解虞美儿和芋头的做法。大家都是邻居,就算芋头和虞美儿的邻里关系很不好,但是租客和房东的邻居喝酒有何不可,打电话喊都喊不回来。"都是些什么人?"吴桐抱怨道。一切要怪也只能怪自己考虑得不周全,关照得不周全,行为也不周全……总而言之,都不周全。

吴桐看着自己酒杯里的酒,思索着虞美儿和芋头之间究竟有什么矛盾。他想不出答案。

"都不正常。"吴桐嘟哝了一句后,将酒杯里满满的一杯酒,一饮而尽。之后,酒精在他的身体里迅速蔓延开来。

"活该你!"吴桐有些愤愤不平地又倒了一杯酒,接着自言自语道,"活该你不成功!"吴桐看着自己酒杯里的酒,一边感受着身体继续蔓延的燥热,一边觉得不能再喝了。

他想,或许自己就败在自以为是上。在城里创业整整三年,没见任何成效,反倒将爸妈给自己准备的在县城买婚房的钱花掉了一大半。虽然这钱不是自己主动要的,但是自己还是欣然接受了,这才是问题的本源。

自己最初想的是先到城里打工，多了解、多看，然后再考虑是否创业。爸妈心疼自己，把钱拿出来，说这笔钱可以让自己在城里生活得更好一些。如今，想得到的经验没得到，这青春好年华，怎就白驹过隙般的，在自己的生命中几乎没留下任何一丁点儿的痕迹？

吴桐觉得这才是自己最可悲的地方。

吴桐实在无法相信，将从前在书本里看到的、在电视里见到的、在生活中听到的那些创业经验，一一用到自己身上时，竟然什么收获都没能留下。

几乎还是白纸一张，吴桐不得不承认。吴桐想起了陈晓薇，想给她打个电话，可是让她来陪自己过中秋，有什么意义？在一起工作了三年，都不甚了解。这时，她一定跟自己的家人一起。给徐逍龙打电话？万一他与陈晓薇一起过中秋，岂不是自找狼狈？这比去"逍龙时尚"不声不响地离开，更加灰头土脸。吴苿呢？谁知道她这时会在哪儿？吴桐没离开县城时，吴苿总是问东问西地打探吴桐的各种计划，说要跟吴桐一起来城里。可是，吴桐已经来城里三年了，吴苿也没真正找过自己。

找不着，找不到，都不过是借口。

吴桐想起了让自己倾尽了太多财力和用心，到头来却成为一场空的"梧桐服装"。这一刻，"梧桐服装"才是吴桐在这个城市里最亲近的寄托所在。那里有他的自信，那里有他的梦想，那里有他全身心融入这座城市的决心和毅力。在这一刻，他觉得，只有那里才不是过眼云烟，才是自己最美好的回忆。虽然结果不美好，但是那些奋斗的日子点点滴滴都牢牢铭刻在了吴桐的生命里。

吴桐开始大口大口地吃菜，他逐渐从酒精中清醒。在夜的静默中，他以平等、平和的目光看向周围的酒客，明白了无论遇到什么样的境遇，这人间都值得芸芸众生来一遭。

一如眼下。虽然自己面临的是失败和失望，但失败和失望也能变成前行的动力。好歹，自己一步一步地都走过来了，这才是最重要的人生体验。

"很不错。"吴桐释然了，他自言自语地嘟哝了一句。他觉得这个中秋，即便不再喝酒，也可以感受到久违的亲切感。

恰好，在这时，他的爸妈发来一组图片，是两人抱着鲜花一起开开心心的合影。吴桐此刻的心情更好了。

五

吴桐离开小酒馆路过芋头家时，他还特意向院里张望了一下。酒后的醉意，让他觉得芋头家的灯，很温馨，也很明亮。

吴桐见院门没关，便直接推门进去了。他顺着墙的边沿，小心谨慎地走到了芋头家的窗口。这是一扇木质的方窗，在月光下，显得十分古朴，给人一种静谧之感。

透过窗户，吴桐看见芋头正在灯下十分专注地刻着什么。

尽管有些醉眼蒙眬，吴桐还是看到芋头手中的刻刀，在灯光下，随着他的手势，闪出耀眼的强光。吴桐恍然大悟，道："木雕。"这一发现让他瞬间酒醒了一半。

"手艺人吗？"吴桐自言自语道。然后他极力地向芋头房间的其他地方看去，寻找着答案。屋里显得很杂乱，各种完成的、没完成的木制作品堆满了整个空间。芋头置身其中，正沉迷在自己的世界里，这让吴桐想起了自己做衣服时的景象。这是何其的相似啊！有人管这种状态叫投入，吴桐更愿意将其称为"无我"。

在吴桐的眼里，此时的芋头就沉浸在"忘我"或"无我"的状态中，仿若在天堂的晨钟暮鼓里，或迎微风徜徉，或沐细雨沉醉。他以这样的状态，穿越这长夜的黑寂与安宁。

吴桐不禁笑了。他对芋头的观感又有了些变化。这一瞬间，仿佛之前他的"爽约"，也没什么了。像这样的人，有脾气，是很正常的。吴桐甚至在芋头身上看到了自己的影子。

芋头放下了手里的刻刀，拿了旁边的水杯喝了一口，然后又将注意力放在刚刚雕刻的小物件上……端详了许久后，他才发现了窗外的吴桐。

吴桐见了，躲避、逃跑都已经来不及，心想何不敲门进屋，权当是节日拜访了。这样想着，他朝着芋头点了点头，算是打了招呼，然后便淡定地走到了芋头家门边，敲了敲门。

"我就知道，你肯定得过来。"芋头边打开门，边说道。看见吴桐，他非但不惊讶，反而是一副意料之中的神态。

"中秋夜嘛，必须过来看看。"吴桐一边掩饰自己内心的慌乱，一边想要为自己的唐突，为了那场不欢而散的聚会，找个合适的台阶下。"我也是回来时顺便看看，发现你还没睡。"吴桐又补充了一句。他尽可能让自己的语气处于最自然的状态，以掩饰自己内心的紧张。

"这样的晚上，我哪能睡得着。"芋头对吴桐说。

吴桐听了很是感动。因为芋头说话的语气平和亲切，仿佛吴桐是他的亲近之人，这让吴桐觉得很温暖。在城里的这三年，从来没有人用这样的方式和这样的语气，与他进行过这样的对话，从来没有。每一个进店的顾客与自己都是交易关系，为了保护各自的利益，交心之语少之又少。

"这个，我已经刻了三个晚上了。"芋头将刚刚雕刻的那个木板，轻轻地拿起来，稳稳地托到自己的双手上。说这话时，他的眼里满是慈爱，一如吴桐看自己的服装创意和设计时那般。这让吴桐由衷地感慨道："原来，这世界，深夜游走于梦想殿堂的，不只自己一人。"

最重要的是，这个人，与自己只有一墙之隔。

"可好？"芋头问吴桐。吴桐点头赞赏。

"我再让你看看我今天才想出来的一个新创意，我特别喜欢。"芋头说话间，放下手里的木刻，示意吴桐跟着他走。他们进入了一间被芋头称为"密室"的房间，它狭小且杂乱，俨然就是一个堆放杂物的仓库，可仔细一看，吴桐惊异于自己的发现，道："这些都是你刻的？"吴桐环顾着房屋的四周，整个房间除了窗台的那一面墙壁，其他方位包括门后，都围了一圈木格架，虽然不过是一米高的木格架，但所有的隔板上都摆放着木质的雕刻作品。

"都是我的作品。"芋头骄傲地回答。

"木雕少，木刻多。"芋头看着自己的作品，像审视自己的家财。

"你真了不起。"吴桐由衷地赞叹。

吴桐发现，这个房间看上去虽然杂乱，但摆放都是有规律可循的，主要是按照颜色的深浅进行布置。另外，大小、形状上也有一定的摆放规划。

"真是太厉害了!"吴桐又不禁赞叹道。

吴桐无法想象,那个在小酒馆里,断然起身离开的邻居,居然在自己的一方空间,成就着这样一番令人不得不佩服的艺术创造。

"我手里,总是拿着一把刻刀,你没看见?"芋头说话时,脸上露出了笑容。那笑容,在一个中年男人的脸上,实在难以见到。

"你……"吴桐不知道自己该说什么了。他只觉得这一刻,自己要说的话实在是太多了。

"人总得有点儿自己的爱好吧。"芋头说。

吴桐听了,连连点头,道:"没错。"

"这也应该叫信仰吧。"芋头说这句话时,没有看吴桐,而是摆弄着自己手里的刻刀。

"我所有的宝贝,都在这个屋里。"芋头说道。吴桐从他的眼里,看到了一种骄傲与自豪,也看到了几分兴奋和开心。无形中,连他自己也被芋头的这种情绪所感染了。

"今天是八月十五,让你看看我的这些宝贝,也算是一起过节了。"芋头说着,便从一堆叠在一起的木刻作品中拿出一个,递给吴桐看。

"看这棵枣树,是不是有似曾相识的感觉?"芋头指着那块浅棕色的正方形的木刻说道。

"我院里的那棵枣树?"吴桐惊异道。整个画面,空白几乎占据了四分之一。左下角是那棵显得有些低矮的枣树,枣树上落着一只喜鹊,树下有一只狗。

"是卡卡?"吴桐瞪大了眼睛,有些不相信。芋头的作品里竟然会有卡卡。

"是，那是卡卡。"芋头回复道。

吴桐听了芋头的回答，不知该说什么了。他用手指抚摸着木刻上的纹理、棱角，像俯视自己一路走过来的沟沟坎坎，不禁扭头看了看几乎满屋子的芋头的作品，羡慕中，带着一份油然而生的敬意。

"你要说什么？"芋头看着吴桐问。

吴桐心想，你能刻她家的狗，为什么不能跟她一起吃顿饭。"很有气魄。"吴桐并没有说出自己的心里所想，只是对作品表达了赞叹。

"你这'气魄'两个字用得好。"芋头向吴桐伸出了大拇指。

"确实有气魄。"吴桐补充道。

"看我这作品的构思，能不能感觉到我思维的走向？"芋头问吴桐。

"当然能。这是一套春夏秋冬系列，同一个位置，是四季里的不同画面。"吴桐回答道。

芋头听完后，又回身拿了几幅大小一样的木刻，递到了吴桐的手里。吴桐接过木刻作品，一一看过。这套季节系列的作品，以一棵枣树为主题，展示了枣树在春、夏、秋、冬四个季节里的不同样子，以小见大，细节精美，让人不禁赞叹连连。

春天，枣树上生长着不易被发现的小小花朵，在枝繁叶茂中，一朵、一串、一簇，可以想象，一朵花就是一个果实。夏天，树叶更加浓密，圆圆长长的脆枣，便点缀了整棵树，生机聚集在果实中。秋天，树上的枣个个成熟饱满，所有的果实仿佛都凝结了自然的能量，也获取了所有泥土养分的滋养，只待果实被喜爱、被摘取。冬天，雪花飞扬中，满树没有一片树叶的干枯枝干，不畏寒冷，只待来年……

通过这一组木刻，吴桐看到了人生。吴桐无法想象，自己能与木刻作品的作者这么近距离地接触着。最重要的是，芋头的举手投足之间，都无不在展示他的远见卓识和高超技艺。

"我好像更懂得'艺术'这两个字的意义了。"吴桐喃喃地说道。突然，他发现了芋头身后的一个作品造型让他十分惊喜。这是九条龙盘踞在一起的作品，其中的八条龙围拥在一条龙的上下左右及其间，九条龙在一起，虽然显得很拥挤，但却庞大壮观，像九个坚强的硬汉，既有力拔泰山的气势，又有虎视眈眈之外的一种柔情。"太好了！"吴桐又不禁赞叹起来。

"那是我刚开始搞创作时的一个作品。"芋头语气平和地对吴桐说道。

吴桐听了，很想说描龙画凤的作品他没少见过，但是这一件作品带给自己的震撼，并且从震撼中感受到的一股来势汹涌的力量，对他而言，还是第一次。

吴桐的内心在这一刻处于无法遏止的兴奋与冲动里，他明白芋头是借助刻刀，以雕刻的方式，不动声色地表达着自己对人生、对生命的理解和寄托。

忽然间，他想到了虞美儿。他决定立刻离开，一刻不耽误，一刻也不停留。

"我走了。"吴桐对芋头说。

"怎么了？"芋头问吴桐时，满眼疑惑，包含着他不该有的疑惑与不安。

"我也有些重要的事要做。"吴桐神色有些慌张地说。

"哪就差这么一会儿。"芋头看着吴桐的脸,不仅在察言观色,更是想要明察秋毫。

"我可能是喝多了,也可能是……反正,我得走了,我不打扰你了。"吴桐看都没看芋头一眼,便转身离开了。

六

"还想让你坐一会儿喝喝茶呢。"芋头跟在径直走向大门的吴桐身后,声音幽幽的,带着从始至终的亲和。

"哪天再说吧。"吴桐回头向屋檐下看着吴桐离开的芋头,摆了摆手。

吴桐不是不想跟芋头多交流一会儿,但是吴桐觉得,这个时候离开应该是最好的选择。吴桐太想在这个被自己无意中搞砸了又给了自己方向和无穷力量的夜晚,做自己还要继续做的事情,如果不抓住这仅有的为时不多的时间,这一天,就过去了。至于吴桐刚刚走进芋头家时,想要问的,想要打听的,早已在见到那一屋子的作品时,全部烟消云散了。

七

吴桐走进房间,本想打开灯开始工作,却不想只身坐在黑暗中,看着窗外的朦胧月色,心里竟翻涌出一丝酸楚来。

吴桐想家了。

他想流泪，想彻夜不眠，想与爸妈好好地说说话。他拿起了手机，打开了那个一直被置顶的三人群。看着零星的几张图和几句话，他突然想起了上学时，老师曾讲过的'爸妈'和'爹娘'称呼的区别。"这女字旁的妈妈，是永远为儿女当牛做马，这女字旁的娘字，是善良的女人……"

吴桐感受到了从未有过的不安和难过。他认为自己就是那种花着爸妈的钱，却时刻让爸妈不安心的孩子。不仅如此，他甚至还将爸妈的惦记，当成心理上的重负。想着想着，吴桐便把爸妈的备注改成了爹和娘。原来文字也有力量，似乎这样做能减轻他的自责。

过了会儿，他打开了灯。在这远离人间烟火气的角落里，他无比清醒，此时此刻的自己已经踏上了一条崎岖的人生之路，即使前方有多少艰难险阻，也不能轻易后退。

他抹了抹脸上的泪珠，思绪越飘越远，慢慢进入了梦乡……

八

清晨，带着中秋夜后的点点余韵。吴桐睁开眼睛，透过半开着的门，看到门玻璃上隐约映着的那条长裙，他猛然明了，虞美儿爽快应邀后又决绝离开，或许是最好的结果。两个曾经有过矛盾的邻居，各自选择离开，免除了矛盾升级的尴尬。这样一想，吴桐反倒觉得，遗憾有时也是一种幸运。

吴桐决定带卡卡去户外写生。

去西迟周边，看风水、观草木，感受天地灵气，来一次走近自然、亲近自然的小旅行。这对吴桐来说，有着不可抗拒的吸引力。

自由、平和与安宁，这些瞬间涌入吴桐脑海的概念，让他觉得，无论生存还是生活，这种与世隔绝的状态，实际上能够帮助人们祛除杂念，全神贯注于自己做的事情中。可是，当吴桐吃过饭，准备好了所有要带出去的东西，正要招呼卡卡时，看到了大门口处准备敲门的虞美儿。

吴桐不知所措地冲着虞美儿点了点头。卡卡已经摇头摆尾地迎向虞美儿，吴桐急忙打开院门，心想，虞美儿完全可以先告知自己一声，这么突然造访，或许是因为头一天夜里的毅然离开，或许是想看看吴桐做的衣服。

"我顺路来拿点儿东西，以后尽量不打扰你。"虞美儿说。

"衣服做出来了，你要不要试一试？"吴桐试探地问虞美儿。

"那我去看看。"虞美儿表情淡然地说完，径直走进门厅，走进那个做服装的房间，站在挂长裙的衣架前，长时间地沉默着。

"怎么是这个颜色？"虞美儿拿起那件长裙，略有所思地踱步到穿衣镜前，将长裙的正面，顺着脖颈的位置，搭到自己的前身，不过是略略地看了看镜子中的自己，便几乎是没什么表情地对吴桐说道："我还真没穿过这个颜色的衣服。"虞美儿说完，将长裙放回原来的位置，然后目不转睛地看着吴桐，却什么话都没说。

"你不喜欢？"吴桐问。

"颜色不喜欢，我知道，这款式也不喜欢？"吴桐依然在问，小心翼翼地试探。

"我走了，我是搭别人的车过来的。"虞美儿说道，然后一个转身，便在吴桐的面前消失了。

"怎么走了？"吴桐透过窗户，看着一边跑向院门一边向卡卡摆手的虞美儿。他猛然发现,虞美儿说顺路回来取东西,却什么都没拿。

吴桐立刻冲出院门,只见一辆黑色轿车,还没等他看清,轿车便拐弯不见了。

吴桐感到很失望,不仅失望于虞美儿并没显露出她对那条长裙的喜欢,也失望于虞美儿对头一天晚上的离开没有任何解释。

无所谓。

吴桐只能这样自我安慰,然后带着卡卡,按照原计划出发了。

九

秋天的代表色虽然是金黄色,但是秋天的蓝更有内涵,尤其是天空的蓝,让吴桐想起了在学校的色彩实验课上,师生们一起漂染这种色彩的场景。因为喜爱这种颜色,当时他连续染了一星期的蓝色。虽然每一次染出的颜色都不一样,但也就是从那时起,吴桐与蓝色真正地结缘了。

从这些实践活动中,吴桐也了解了颜色的世界。不同的类别、属性、色相、明度、纯度,让他认识到,原来颜色是这么丰富多彩,也让他更加喜欢蓝色。他认为这是最深邃、高贵,且最具有穿透力的颜色。

吴桐觉得,自己不仅深深地爱上了视野中的蓝色天空,也无比喜欢蓝色天空下的土地,包括远处的水塘,近处的花草。

"卡卡,你看,这么多的蒲公英。"吴桐看着近处的花草,发现脚边有成片的蒲公英。这些青绿色的长叶子上还挂着晶莹剔透的露珠，可以想象，若用这些叶子来染色，会得到多么生动绚烂的色彩啊！

吴桐的热情瞬间被激活了。

"卡卡，我要采一些好东西，之后让你见识见识最美的颜色。"吴桐对卡卡说道。他决心要进行一次自己期待已久的染色实践。

十

回到住处，吴桐选择了几片好看的板蓝根叶子，准备做敲拓染时使用。他先将叶子洗净、榨汁，然后把浸泡好的棉麻布料的一个角，放入已变成靛蓝色的染料盆里。经过反复揉搓、浸泡，不到半个小时，整条白色棉纱便染上了他挚爱的蓝色。

这块沾染了岁月痕迹的蓝色布料，被他搭在晾衣绳上。而他自己则搬来竹凳，坐在院中，一边吃着回来路上顺手买的面包和火腿，一边观察棉布上的水滴。一阵风吹来，棉布在空中划出一条长长的细线，再慢慢落下来。渐渐地，棉布由厚重变得轻薄了，清水滴落的速度也变慢了。

在这段悠闲的时光里，吴桐一边欣赏棉布在阳光下显现出的蒂芙尼蓝，一边沉醉在自己的想象中，那感觉仿佛是酒后微醺，脑海中的画面成了眼前实实在在的风景。好像在不经意间揭开封印，放飞了自我，生活也在这一刻有了转折。

吴桐能想象出，这块布料会如何在自己的描画、裁剪、缝制下，慢慢蜕变为一件宽松飘逸的美衣。他甚至想象出了虞美儿穿上这件衣服时的样子。她的面庞、眉目、肌肤、手臂，包括红唇、发梢，都在光线的映照下闪闪发光,犹如国画中的女子,手持一把绣花摇扇款款而来。

"蒹葭苍苍,白露为霜。"吴桐的脑海里突然浮现出《诗经》里的句子,仿佛那错落有致的布纹,已经被板蓝根叶染上了如诗般的意境。这自然天成的颜色,让他的想象漫无边际。虞美儿穿上这染色的美服,一颦一笑,举手踱步间,定会显得风情万种。

吴桐看着在微风中飘荡的蓝色棉纱,突然觉得,自己想象的设计,最适合这个季节。

当然,也最适合虞美儿。

十一

吴桐吃过午饭后坐到院子里,将板蓝根叶片放到一块方形的白色棉麻上,再将棉麻放到石台的平面上,用最古老的方式开始了敲拓染。整个过程,不过是将洗净晾干的叶子放到雪白的棉布上,然后用木棒不断地敲打,让叶子的叶、梗、叶脉以及边沿处,都完全浸压到布料上。待揭下来时,整个叶子的形状便如同粘贴到布料上一般。

"卡卡,你看这布上的树叶好不好看?"吴桐完成了敲拓染后,随口喊了卡卡。一旁的卡卡半睁着眼睛,看了看吴桐,又看了看布上的树叶,没有一丝反应,重新闭上了眼睛。

"爱看不看。"吴桐嘟哝了一句。他对自己的作品很满意,饶有兴致地欣赏着,一会儿放在石台上虔诚地抚摸,一会儿举起来迎着阳光观赏。

吴桐抬头看了看天空。一大块云彩很快挡住了太阳，院里出现了一大片阴凉地。午后地上的潮气和围墙外吹来的风，带着中秋后的萧瑟，让他又想起了在"梧桐服装"时的日子。

那些日子，有太多的不安和焦灼。无论白天还是夜晚，总让他不得安宁，可是现在想来，又不乏美好。没有客人的时候，吴桐时常像此刻一样，坐在玻璃门里看街上的行人，大家带着不同的表情来来往往。有时，吴桐可以从他们的表情中猜测他们的心情，但是更多的是根据他们身上的服装，推测他们的性格或气质。看久了就会觉得，人与人之间，实际上没什么区别。

人与人都一样，生不带来死不带去，这其中的酸甜苦辣、喜怒哀乐，都要切身体会，才不枉拥有过生命。或许在这样的午后，卡卡也与人一样，用它的方式在享受大自然的馈赠。

吴桐将狗粮放到离卡卡不远的不锈钢盆里，卡卡闻到狗粮的香味后，立即睁开了眼睛，没心没肺地跑去吃盆里的狗粮，然后摇头摆尾地向吴桐示好，好像在为刚刚对吴桐的不理不睬表示歉意。

吴桐恍然觉得，眼下的自己实际上与在"梧桐服装"时没什么区别。那些陌生的顾客，没有人真正在意吴桐的设计理念，顾客们只会在讨价还价时充满热情。其他时候，吴桐的存在感甚至连服装都不如。现在不过是换了一个环境生活。吴桐觉得自己就是从那时开始习惯了独处的状态。

吴桐为眼下的状态感到庆幸。毕竟现在有爸妈的庇护，还没有生活压力。但时间久了，没有收入，自己手里的钱会越来越少，就会面临各种问题。然而即使是这样，吴桐仍然不愿意回家。相比之下，吴桐更喜欢眼下与孤独相伴的日子。

十二

"想什么呢?"吴桐深思时,耳边突然响起一个声音。

"虞美儿?"吴桐看向门外的虞美儿,有些惊讶。

"我站这门口有一会儿了,你一个人坐在那儿发什么呆?"虞美儿问道。

吴桐缓过神儿来,急忙起身给虞美儿开门。

"你怎么又回来了?"

"你这又是什么工程?"虞美儿走近晾衣绳,用指尖轻轻地碰了碰已经干爽的染色棉布,又看了眼地上的水渍,眼里布满了疑惑。

"我领卡卡出去玩时,采了一些板蓝根……"

吴桐说完才后知后觉,原本自己是想出去写生的,可是画板竟原封不动地背了回来。虽然未按计划进行,但当布料染出来后,吴桐有了一种设计能力提升的成就感。

"干吗用那种眼神看我?"虞美儿看着吴桐问。

"我在想……"吴桐觉得,这一瞬间,自己的灵感如同调试相机焦距般,从模糊到清晰,又从清晰到模糊,但有一点可以确定,为虞美儿设计的就是这件衣服,用晾衣绳上刚染的棉布。

白蓝相间的颜色,胸肩处搭两圈无瑕的亮珍珠,还有一些零星点缀的小贝壳。待虞美儿穿到身上时,裙摆会在脚尖处摇曳,就如月夜下海边浪花与沙石、星星交相辉映般夺目。

几片错落有致的叶子安静地躺在岸边,偶尔海水漫过沙石,吞没叶子,叶子被拉进水流,转眼消失在一片安宁祥和之中。

"这是什么?"虞美儿的声音将他拉回现实,只见女孩指着门口处的一些彩色方砖。

吴桐被问住了。

他也搞不清那些彩色方砖是怎么回事。正当他犹豫着要怎样解释时，虞美儿却话锋一转："不用解释了，我知道是怎么回事了。"

"那条裙子。"吴桐用手指了指做服装的房间。

"等你都做完了，拍照片给我看吧。"虞美儿说完，将目光转向晾衣绳上的布料："只是，这块布料……"虞美儿又用指尖碰了碰棉布上拓染的花纹，话没说完，却又转移了话题："吴桐，那树上的枣你吃没吃过？"

"没有。"吴桐有些不解，只好如实回答。

"我这工夫想吃，"虞美儿突然露出灿烂的笑容，"你能不能上树给我摘几个？"

"没问题呀。"吴桐应了一声，便立刻像猫一样蹿上了树。

吴桐先摘了一颗给自己，又脆又甜。他忽然觉得，颗颗灯笼似的红枣，在枝头上被绿叶映衬得格外好看。

"时间过得可真快！"吴桐不禁感慨了一句。他一边摘红枣，一边借着树上的高度看了一眼周遭，刚刚还很晴朗的天空，只这一会儿，便灰蒙蒙的，没有一片云彩。吴桐觉得，这样的小细节虽不足为奇，却让自己在这僻静的地方，获得了一丝人间烟火的气息。

"这树上的枣，非常甜。"吴桐将手边的几颗大枣丢给竹椅上的虞美儿，然后转过头继续采摘。

突然，院里传来芋头的一声断喝："谁让你上树的？"

吴桐被吓了一跳，差点儿从树上掉下来。

"我……"吴桐想跟芋头解释，却发现芋头怒气冲冲。

"赶紧下来！"芋头走到两家之间围墙的旁边，冲着吴桐气愤地命令。

吴桐只好纵身跳下树，却在心里纳闷：这棵树虽然被芋头雕刻进了他的作品里，但又不是他家的，自己上树与他有何干？还没等吴桐开口，虞美儿突然站起身，神情漠然地看着芋头，一言不发，跟吴桐在小酒馆里见到时一模一样。

芋头见此情状，灰溜溜地离开了。

"吴桐，今年的枣比去年的甜多了。"虞美儿见芋头离开了，开心地对吴桐说，见吴桐还是缓不过神儿来，便补充了一句，"其实，用竹竿儿打枣也可以，但是……"

"但是什么？"

"打的枣会掉到地上，"虞美儿显得有些扫兴，"那树上的枣，你爱吃就吃，门厅靠窗的那个地方，有竹竿。"

虞美儿说完就转身离开了。吴桐还没来得及回答，只能愣愣地看着虞美儿渐行渐远的背影，而刚刚发生的一切，就像是一场梦。

"这块布料我喜欢，别忘了，好好做一件我喜欢的衣服。"虞美儿关院门时留下最后一句话。

吴桐依然不知该如何回答。他转过头来，无意中发现芋头直直地站在他家屋檐下，既没看吴桐，也没看刚离开的虞美儿，而是在看天。

天上，什么都没有。

"这都什么人哪！"吴桐忍不住小声地嘀咕了一句。

这一个个邻居，这一桩桩刚刚发生的事情，虽不足为奇，但也实在不可理喻。

不知为何前来拜访的虞美儿，最起码要对中秋夜的突然离场进行一番解释。那条长裙，明明知道是给她做的，最起码要说几句客套话，可她却只有前言不搭后语的言辞，之后便瞬间消失了。

"都是这么奇怪。"吴桐嘟哝了一句，转身回到房间，接着仿佛被授予了什么旨意似的，眼疾手快地进行了一番操作。

首先是将整个房间的物品进行彻底归类，然后将缝纫机挪到靠窗的位置。这样，就会有更多的光亮照射到缝纫机上，包括布料上、机针上。

吴桐觉得，只有这样才能让他的思维、技能和想象力达到和谐统一。然后，便是对这场即将开始的长夜行程做好充分的心理准备。

吴桐拿过一张白纸，寥寥几笔便将自己想象中的服装迅速勾勒完成。

一行飞天的野鹤。

整体的轮廓和线条在动感中时断时续，展现出野鹤的悠闲自在，野鹤或在水面的粼粼波光里，或成为逆光之下的点点灰黑。

吴桐将野鹤飞翔的范围从一开始的两扇衣襟，扩展到左袖口和右肩臂处，且将三三两两的点缀变成一行又一行单线的并行，最后在即将定稿之前，只那么轻轻的几笔，便在腋下衣襟的最上端，勾勒出两条一寸宽的飘带。

布料要用吴桐采的板蓝根印染出来的有渐变色的棉纱。

吴桐觉得，表现飘逸不仅要靠野鹤飞翔的姿态，还要靠它们悠闲的状态。只有这样，才能让动与静完美结合、相得益彰。这样一件独树一帜的女装，才能成为彰显吴桐思维、能力和梦想的最佳媒介。

吴桐拿起设计图，左看右看都觉得好看，他甚至觉得，这画稿已然成了他创意的最佳展示。

吴桐将草图举过头顶,透过有些晦暗的光亮仔细地端详。他觉得,这绝佳的创意,终于让他对曾经的所学有了一个满意的交代。他不得不承认,自己在设计图形、线条、色块以及点缀饰物方面曾是迷途羔羊,如今终于找到了方向。他也是第一次对设计有了新的理解,或许这就是执念的萌芽在不经意间长大的结果吧。

十三

吴桐准备将新创意命名为"白露为霜",这样便可以从不同于"遇见"的角度,确定一种新的开始。这是有别于虞美儿所说的那种"俗"的开始,也是更趋向于传统风格的开始。

吴桐将布料熨烫平整后,将印染花色最好看的位置平铺于木案上,轻轻抚摸,还可以感受到棉布上的余温。这让原本应该坚挺厚重的质地,有了柔软的灵魂。这一刻,它们也以自己的方式,与吴桐进行了一场亲切的交谈,用无声的倾诉表达对他的认可。

这是怎样的浪漫?在静静的长夜,让思绪如漫天飞花,让想象无边际地拓展,让期许一次又一次地获得满足。

吴桐已然没有了任何睡意。

他细致地描摹这世间仅此一件的衣裙,幻想自己怎样用双手将它创造出来,成就感和自豪感立刻充盈了整个房间。

吴桐觉得自己必须做更多想做的事情,但是时钟上的时间一再地提醒着他,必须要睡觉了,再不睡觉天就要亮了。

吴桐不得不放下手里的一切,恋恋不舍地进入了梦乡。

梦里,吴桐还是独自一人,既不是坐在椅子上,也不在"梧桐服装"店里,而是站在高高的山顶上。山风习习,每次吹过来,都从吴桐的头上、脚下绕过。

高山连绵不绝,吴桐的内心感到无比平和。当吴桐的视线与遥远处的地平线交汇时,所有的影像都消失了。

梦醒了。

即将完成的新作品,在灯下闪着比白天更加奇异的色彩,让吴桐顷刻间清醒了。

吴桐发现,无论是设计还是制作,自己在速度、质量上,都已经有别于从前。

吴桐将已经缝合的大块布料加上一些边角的贴缀,一起挂到衣架上,然后隔开一段距离,细细地打量已尽显风范的新衣——即使还没被穿上,它本身已经是一道风景了。

"真的很美!"吴桐忍不住夸赞。

从最初的懵懂无知,到后来的一路探索,到眼下的追逐梦想,这条路吴桐走了太久。

这时隐约传来一阵歌声。

是从隔壁传来的。像芋头在唱,像是一首相思情歌。那歌声悠扬,虽然隔着一堵厚厚的砖墙,但依然能感受到酣畅浓烈的情绪。

想念,居然也可以如此美好。

吴桐看了一眼窗外。

如水的晨光像锦缎一般发出幽幽的光亮,近于灰白,更趋于东方既白。那些光亮里,仿佛藏着一个又一个吴桐从未听过的爱情故事,都是中国式的古老传说,但又有别于月里嫦娥的孤寂忧伤,也不同于牛郎织女一年一次相见的心酸，而是让吴桐在这样的时刻，对爱美、爱人，抑或是爱情，有了新的认知。

人类在千百年中，经历了无尽的努力拼搏，才拥有了如此之多的美好。而自己也有幸参与其中，一边感知着文化的博大精深，无限享用这些精神财富，一边带着无限美好的希冀，继续创造出更加绮丽的作品。

吴桐不禁动情地抚摸起布料上的纹理、花色以及缝合之处。

如此之美，谁会不喜欢？

吴桐拿起手机，选了一个最适合的角度拍摄照片，充足的光线，突出了衣服的高光点，让衣服显得熠熠生辉。他将衣服名称"白露为霜"四个字，编辑在照片上，用纯白颜色给予了最明显的提示。

吴桐将编辑好的服装照片发给了虞美儿，虽然还有一些细节有待处理，但是吴桐认为，虞美儿对这一件的喜欢，一定不会亚于他自己。

十四

"吴桐，染色的这件我实在是太喜欢了，尤其是裙摆上的拓叶图案。以前我在网上见过，但我真的没有想到，你居然会用到给我做的裙子上，尤其是那右上肩的白和下摆的蓝，怎就被你这'白露为霜'的名字给衬托得如此有诗意。"

虞美儿给吴桐回复了一大段信息，带着掩饰不住的喜悦和开心。

"比我一直在穿的这件风衣还好看。真的，不骗你。"

虞美儿又补充了一句。

吴桐简直欣喜若狂,正想着要如何回复这样的赞美,虞美儿又发来一条短信。

"我今天下班后就过去,我要穿这条新做的长裙请你喝酒。"

"好,不见不散。"

吴桐删去了略显多余的感谢,爽快地接受了虞美儿的盛情邀请。这样的褒奖,虽是意料之外,却是吴桐梦寐以求的。

十五

夕阳还未落下,虞美儿就到了。

整整一天,吴桐时而手忙脚乱,时而沉着冷静,发挥着自己最大的潜能,不断更新着自己的创造力和想象力。他想尽自己的最大努力,展现这条长裙的美。

他仿佛带着一种创造美的使命,极尽所能地将所有的才华倾注其中。

"这么快?真是想不到。"虞美儿走近时,吴桐刚好缝完衣扣的最后一针。他既喜悦又不安,屏住呼吸看着虞美儿。

"我这就去换上。"虞美儿拿着长裙进了房间。

吴桐长长地呼出一口气。

美服。

人类对美的日夜兼程的追逐,何时有过停止?当然没有,吴桐更没有。

将服装设计认定为终生事业的那一刻,吴桐便立下誓言,今生无论成功还是失败,无论以何种方式,都要与这样的美好相伴,直到生命尽头。

十六

虞美儿从房间里走出来，衣袂飘然，步履款款，带着一种与吴桐相似的紧张和喜悦。

真好看！

吴桐不动声色地在内心深处由衷地赞叹，既是对自己的创作的赞美，也是对虞美儿诠释效果的赞美。

虞美儿从容大方地站到穿衣镜前。吴桐从她的神态中，看到她在欣赏长裙时，也在欣赏自己的美丽姣好，仿佛这一件长裙已抵消了她人生中所有的不如意，不仅如此，还增加了一种对未来的美好期盼，让吴桐也跟随着这份美好一起心旌荡漾。

"这条裙子太适合你了。"

"不仅是适合，这简直就是私人定制！"虞美儿的眼睛里有藏不住的笑意。

"没错，世上绝无仅有的孤品。"吴桐信心满满地回答。

"没想到能这么好看。"虞美儿都舍不得从穿衣镜中移开视线了。

"我也没想到。"吴桐应和着。他本想说自己想到了，但是面对依然陌生的虞美儿，吴桐觉得，这样的回答不只是幼稚，更是一种鲁莽。

"这就走，再晚就没有好位置了。"虞美儿套上风衣，将自己的物品拿好，准备与吴桐一起风一样地冲出家门。

冲出院门。

十七

"我从没来过这家酒店。"吴桐在虞美儿选定的位置坐下。

"这样的散台，不好预订，只能靠运气。"虞美儿有点得意地回应了吴桐一句，又接着说道："这张桌，我和我妈来过不下十几次。"

"真的？"吴桐听了，感到非常惊异。这样一个看似平平无奇的位置，为什么虞美儿和她妈妈如此青睐？或许这张桌椅的位置靠近大厅的尽头，肃静？不是。或者靠近大厅的门口，可以看门口出去进来的顾客？也不是。吴桐在琢磨的时候，突然发现虞美儿的脸上闪过一丝沮丧的神情。

"你怎么了？"吴桐关切地问。

他分明从虞美儿的脸上看到了一些失落。或许是虞美儿与她妈妈之间发生了什么矛盾，也不可知。

"希望我的人生别像她。"虞美儿自言自语地嘀咕了一句。吴桐明白了，虞美儿与她的妈妈夏沐兮之间，确实发生了不愉快。好在自己制作的新裙子给虞美儿带来了意想不到的快乐，这才是最重要的。

"你想说什么就说吧，我是个外人。"

吴桐本想对虞美儿说"我是个陌生人"，但又觉得不妥当，便用了"外人"一词。他觉得，仅仅外人这两个字，便可以将自己与虞美儿的距离拉开。

果然，虞美儿抬起了头。

"我妈也是裁缝。"虞美儿说完又补充了一句,"这个你应该已经知道了。"

"是,我知道。"吴桐回答。

"那你会不会裁剪?比如制作衣服、裤子?"吴桐有些好奇。

"不会,也不可能会。"虞美儿回答得直接干脆,又生硬地转移了话题,"谢谢你为我做的这条裙子,真的很适合我。"

明明是夸奖,吴桐的心里却很不是滋味;明明是表扬,却有着显而易见的无可奈何。这与虞美儿刚穿上时的感觉不一样,那时虞美儿是发自内心的开心,这一刻却有些言不由衷。并不是自己多疑,他确实在虞美儿的表情里,看出了不开心。

很不开心。

"来,我们喝酒吧。"虞美儿端起酒杯,就像人们常说的"都在酒里",然而两人不但没喝,反而沉默了,像是在对峙。

在博弈。

这让吴桐不得不想起那次邀约。眼见着不可多得的圆满时刻即将到来,虞美儿却转身离开,让吴桐独自一人,在那家冷冷清清的小酒馆里,黯然神伤地度过了他在这个城市里为数不多的中秋夜。

"这清酒,是他家的特色,多喝不醉,最重要的是好喝,对吧?"虞美儿似乎调整好了自己的情绪,将自己的酒杯挪到吴桐的酒杯前,示意吴桐与自己碰下酒杯,吴桐按照虞美儿的提醒,完成了必要的礼仪。

"你多喝,我适当喝。"虞美儿只是喝了一小口清酒,便一改刚刚沮丧的神情,顷刻间变得愉快起来。吴桐松了一口气,赶紧友好地冲着虞美儿笑了笑。两人喝酒吃菜,这样平淡的时刻,却让吴桐想起自己在这个城市里的种种经历——陌生的、熟悉的、远的、近的，何时有过这样的亲切？

不过是四处漂游的一叶浮萍，孤苦伶仃着独自坚强。很多时候，明明很多人在一起，但是内心偏偏就觉得只有自己一人。就如在空旷的荒漠里，四处无人，有的，只是一望无际的苍凉。

"不行？"虞美儿笑脸盈盈地在吴桐面前晃了晃她的酒杯，酒精让她恢复了状态。这笑容瞬间感染了吴桐，让他从刚刚的深思中回到眼前有温度的约会里。

"行，我没说不行，我觉得我就该多喝，你就应该适当喝。"吴桐回应着虞美儿。他虽然不太贪恋喝酒，但这一刻酒香带来的沉醉，却让他不能自拔。

"喝了这些酒，我们去迪吧蹦迪吧？"虞美儿问吴桐。

"去蹦迪？"吴桐有些不相信自己的耳朵，"你没喝多吧？"

"就算是喝多了，有你在这儿，我怕啥？"虞美儿说着，一把抓过吴桐要拿起的酒瓶，将酒全部倒进了两人的酒杯里。

"喝多和爱喝是两回事。"虞美儿豪迈地举起自己的酒杯，然后目不转睛地看着吴桐，示意吴桐与她一起喝酒。吴桐会意，忙不迭地端起自己的酒杯，毕恭毕敬地用双手端住杯底，将酒杯里的酒一饮而尽。

"这酒确实好喝。"吴桐放下酒杯，却发现虞美儿已先于自己将酒喝光了。

"我平时不喝酒，也从没去过什么迪吧，只是今天我确实高兴，想好好放松一下自己。"虞美儿看出了吴桐的心思。

"包括我对这件新衣服的感激，但是……"虞美儿欲言又止。

吴桐瞥见桌角处有一个沙漏，细细的沙顺着滴漏处不停歇地流动，一如从不停止的时间，一如吴桐很少停止过的思索。

"但是什么？"吴桐问。

"但是……不知你想没想过。"虞美儿从上方将酒杯抓起来，然后将空酒杯悬在半空。

"想什么？"吴桐发现，虞美儿此刻的表情极其凝重，语气却很犹豫。

"你有没有想过，把我穿着的这条裙子，包括你已经做出来的那一条，设为一个品牌？"

"当然想过。"吴桐没等虞美儿说完，立刻抢答。

吴桐怎会没有想过？吴桐一直都在这样想，也这样做过。只是他无法不因为自己曾经的失败而畏手畏尾。他不是不想对虞美儿说，而是怕自己倾诉的闸门一打开，就再也收不住了。

"我总在想，在这样一个多元化的时代，一个人就是一个企业，一个人就是一个品牌，一个人就是一个王国。"

"一个人就是一个梦想王国里的品牌企业。"吴桐对虞美儿的想法进行了补充完善。

"很对。"虞美儿看着吴桐，眼中带着异常坚定的光芒。她用手里的酒杯示意了一下吴桐，然后将自己的酒杯端起，里面没有一滴酒，但她还是做了个一饮而尽的动作。

吴桐一时无言，于是也模仿着虞美儿，做出一饮而尽的样子。没喝到一滴酒，却比喝到了满满一杯酒还要兴奋。

"好醇的酒香。"吴桐放下酒杯，心中陡然升起一股敬佩，既是对虞美儿说的那些话，也是对自己一直以来不懈努力的敬佩。

这个夜晚，不仅让吴桐有回到故乡的感觉，而且使他收获颇丰。虽然这一切的来源，不过是虞美儿对他做的衣服所给予的肯定和赞许，但是吴桐相信，脑海中的蓝图，终有一天会被他一笔一笔地在现实中描绘出来。

吴桐畅想若干时日后，自己设计制作的服装，在线上平台、线下商铺上架，出现在大众视野。这一切仿佛是命运的刻意安排，让他在跌落谷底后，历经柳暗花明的转折，从此步入人生正轨。

"今天这酒喝得有意义。"吴桐回过神来，感慨地对虞美儿说。

"是有意义。"虞美儿附和道。吴桐循着声音看向虞美儿，想到自己在之前的某些时候误解过她，这让吴桐感到无法言喻的内疚和羞愧。

"如果我说我跟你一样，在这偌大的城市里无依无靠，你信不信？"虞美儿推开酒店大门，走进朦胧的夜色，转过头看了一眼吴桐。

"爱和爱应该是有区别的。"吴桐说。

"你说什么？"虞美儿突然看向吴桐。

"我什么也没说。"吴桐觉得自己在虞美儿的注视中醉意更浓了，而且有酒后胡言乱语的嫌疑。

十八

"这地方好吓人。"虞美儿有些胆怯地跟在吴桐身边。从她进入迪吧的那一刻，之前的兴奋和激动就消失得无影无踪了。可吴桐却觉得，他们不该浪费这个来之不易的轻松夜晚。

"你看他们看我们的眼神。"虞美儿示意吴桐看向她视线的方向，几个男人走近，冲着吴桐友善地点点头。

"别人能来，我们为什么不能来？"虞美儿小声地念叨，吴桐听了忙点头应承。

"来这虽然不太适合，但我觉得……"虞美儿话还没说完，声音便被突然响起的音乐所淹没。

吴桐忽然明了，原来在这样的场合，不需要任何言语的表达。只需要身体随着劲爆的乐曲声不停地摇摆，就可以让压抑许久的情绪得到很好的释放。

解压——吴桐想到了这个词。

"这个地方我没有来过。"

音乐结束后，人们归于原位，或说话，或喝酒。在这样的氛围下，吴桐借着醉意向虞美儿坦白。

"我也没来过，在这门口路过几次，总觉得好奇，今天特别想来。"虞美儿说话时，像是怕吴桐听不到似的，有意将自己的脸向吴桐靠近。

"想来，却一辈子都没来，岂不成了遗憾。"吴桐的这句话也是说给自己听的。

进了迪吧才知道，里面的璀璨耀眼，更多的是来自霓虹灯的效果。若是去掉那些五光十色，吴桐相信，这里无异于其他的任何地方。

只是在这样的地方，对吴桐来说，不只是解压，更有一种他处无法给予的情调。

比如音乐的舒缓悠扬，歌声的优美婉转。

"你看，弹钢琴的女孩。"虞美儿说。

吴桐看了一眼，转头对虞美儿说："你这个提议真不错，刚进来的时候确实太吵，这会儿工夫，安静多了。"

"吴桐，你发现没有，他家真的是里外不一样。"

"怎么不一样？"

"没进来的时候，总觉得这里很神秘，进来了才发现，也不过如此，只有装饰灯特殊一些。"两人说话间，周围聚集的客人越来越多。

灯光突然暗了下来，低音炮的重音在钢琴声结束的那一瞬陡然而起，一位穿着时髦的年轻男士从人群中跑到大厅正中的主唱台上，在乐曲前奏结束后唱起了歌。

这是一首在网络上流行的爱情歌曲。人们纷纷离开座位，伴随着音乐开始跳舞，而吴桐和虞美儿只是静静地听歌，想着各自的心事，在人群中显得格外安静。

"这也不是蹦迪呀。"虞美儿看向与自己一样充当观众的吴桐。

"歌手再唱一首歌就开始蹦迪了。"虞美儿身旁的一位女子善意地提醒。

"原来是这样。"虞美儿略有所思地点了点头。

吴桐发现，这时的虞美儿完美应了那句"人美衣更美"的俗语，在不停变换的灯光下，他看到了不同的虞美儿。

蓝色光影里，虞美儿白色的裙裾显得更加纯净，好像所有的白都在等待这一刻的蓝光，哪怕是最浅的蓝色，也能让她变得深邃而神秘。衣服上的渐变在这时也成了一种看不分明的梦幻般的色彩。

稍后，红色灯光到来，迫不及待地将人们全方位覆盖，让一切都处在热烈之中，甚至近于狂躁。吴桐想问虞美儿感受如何，但见虞美儿脸上现出的闪躲，便知虞美儿与自己一样，不太适合这样的氛围。

紫色远没有蓝色深沉,却比红色安静一些。它让虞美儿的那件染色长裙变成了清纯不足,高贵也不足的二次中性色调,使得虞美儿整个人都像被笼罩在朦胧的混色汪洋里。

直到激光灯、摇头灯、舞台灯全部关掉,白炽灯光下,虞美儿本身的气质,才重新显现出来。

"一会儿再有音乐时,我们也别坐在这儿当观众了,我们也去蹦迪吧。"当快节奏的音乐前奏响起时,吴桐热情地提议。

虞美儿刚要回答,吴桐的身后响起了一个陌生的声音。

"请问她穿的这件衣服是在哪买的?我女朋友非常喜欢。"原来是刚刚在台上唱歌的那位歌手。

"不是买的。"

"不是买的?"歌手和最初在虞美儿身边搭话的女子异口同声道。

"是他给我做的。"虞美儿骄傲地指了指吴桐。歌手和他的女朋友露出惊异的表情,随即向吴桐投去敬佩的目光。

"我叫郝歌,我俩互加好友吧。"歌手主动和吴桐打招呼。

"可以。"

"我这就给你转定金,麻烦你一定要为我女朋友设计一条适合她在舞台上唱歌的长裙。"郝歌说话时,他的女朋友脸上露出了幸福的笑容。

吴桐和虞美儿交换了一下眼神,他没想到今天会有这样意想不到的收获。

"可以跟你女朋友的一样,也可以不一样,就以你的审美为准,只要能适合我穿就可以。"

"放心吧,肯定没问题!"虞美儿立即应承郝歌和他的女朋友。

吴桐也反应过来:"没问题,肯定没问题。"

"底摆尽量做大一些,她唱歌的时候爱跳舞。"郝歌认真地嘱咐道。

吴桐一边答应,一边关注着虞美儿的表情,看到她脸上掩不住的喜悦,他也变得异常快乐起来。

"谢谢你们!"吴桐极力压制着内心的激动和狂喜,默默在心里发誓,一定不会辜负所有人的期待。

"谢谢你。"吴桐又看向虞美儿,郑重其事地说道。

"我穿着你做的漂亮衣服,怎么倒成了你谢谢我?如果说谢谢,也只能是我对你说才对。"虞美儿兴高采烈地拉起吴桐的手,随着再次响起的乐曲声冲入跳舞的人群。

吴桐觉得有些眩晕,但不是因为跳舞,而是今天发生的一切太过突然,好像自己从小到大都没有如此开心过。

最重要的是,这种开心不仅仅是眼下谈天说笑的欢喜,而是感受到了一粒可以在自己漫长生命中生根、发芽、开花、结果的种子,已经落下。

第四章　浪漫的夜宴

一

吴桐与虞美儿离开了迪吧，走在街区的人行横道上。

寂寥的夜晚，行人很少，车辆也很少，白日的喧嚣早已无影无踪。在霓虹灯光下，两人的身影有时被拉长，有时又变短，有时在他们转弯时突然重叠在一起，但也只是一瞬，很快又回了各自的位置。

"这地方可真美，原来都没发现。"虞美人透过树梢看了一眼高挂在天上的月亮和星星，以及在他们周围闪烁的灯饰。那些灯饰形状各异，一边坚守各自的位置，一边竭尽全力地绽放着光彩，虽比不得星月的光芒，却也是人间不可多得的美景。

"真没太注意,晚上也能这么美。"虞美儿又呢喃着感叹了一句。她转过身子，裙摆和衣袖随着她转动的方向飘动，在晚风中犹如绽放的花朵。

"月亮已经不圆了。"见虞美儿停下来，仰头望着天上的月亮，吴桐有些遗憾地说道。

"不圆了也好看。"虞美儿一动不动，好像一尊仙女雕像。

吴桐没有再回应，而是模仿虞美儿，仰起头凝望着天上的月亮。他觉得虞美儿说得没错，不圆也好看。

"只是……"吴桐没有说出口，而是在内心给了自己回应。

他相信，那个月圆之夜如果不是因为意外的不欢而散，就不会那般刻骨铭心。虞美儿怎会想象得出，一个人喝闷酒是怎样的无奈和沮丧。

"人生总会有遗憾。"虞美儿好像懂得读心术般，竟冒了这么一句话。

吴桐听后心里一惊，再不敢有半分流露。

不可否认的是，这是一个愉快而美好的夜晚。虞美儿穿着吴桐亲手制作的衣裙，欣赏着随处可见的美景，一路被吴桐珍视的目光注视，不仅如此，吴桐的设计还获得了他人的赏识。

人生能有多少这样的时光呢？吴桐这样一想，仿佛自己不仅仅是在虞美儿的身边，也不仅仅在街区的步道砖上，而是置身于一片肥沃的土地，带着满心的希望和欣喜，看蓝天白云，听鸟鸣风声，用自己的方式感受这世间的美好，而这之前的遗憾和不如意，都被一一化解了。

人生，其实无所谓遗憾或失败。

吴桐恍然觉得，纵观任何人的人生，如果从不曾有过失败和遗憾，那这样的人生，岂不是另一种意义上的遗憾和失败？

吴桐感到豁然开朗，他停下脚步，面对身边的女孩。

"虞美儿，你知不知道白色的种类？"

"当然知道，"虞美儿得意扬扬地补充道，"别看我不是裁缝，也不太会画画，但我能分辨出不同的白色。"

吴桐看着虞美儿说不出话来。

他本想借此展示一下自己身为裁缝的优越感，可虞美儿的一句随意回应，却让他有了几分悔意，使他陷入了另一种自卑中。

或许自己在追梦的道路上才刚刚起步，也或许还没有起步，依然处在寻找方向的阶段。

想到这里，吴桐的内心升起了一种迷茫。这是他非常熟悉的滋味，这种迷茫困惑，总会在他不经意间，或迎面而来，或擦肩而过，或久久停留，但无论以什么样的方式出现，吴桐都能辨别出来，然后将之清除、埋葬。

可在这一刻，吴桐不敢无视。因为这种迷茫，不是前路迷蒙的混沌，那种状态或早或晚都会在吴桐的坚持中云开雾散。而眼下的迷茫，是多了一个叫虞美儿的人。

"你在想什么？"虞美儿似乎看出了吴桐的心事，用探寻的目光望着他。

吴桐没有回答。

"怎么不说话了？"虞美儿有些不解。

"你说得很对。"吴桐点了点头，语气和态度十分肯定。

"怎么觉得你有点儿不高兴了。"吴桐的回应让虞美儿感觉他有些消极。

"看来你对颜色的领悟和理解比我更胜一筹。"吴桐笑了笑，用比之前更加理性的措辞给了虞美儿一个正式的回应。

虞美儿疑惑地看了吴桐一眼，决定不在这个问题上进行纠缠，但是吴桐却在虞美儿的反馈中，窥到了有别于平时的自己。

吴桐太了解自己了。

在他的生命中何时有过这样的经历——不加掩饰地流露真性情。大多数时候的吴桐，除了对知识和梦想有着无法抑制的渴望，除此之外，无论何时都不曾有过这样近似于献媚般的讨好。

从来没有。

"其实，我一直想用不同的白色设计一组关于完美或忧伤的主题，比如月夜下的蒹葭，清晨的露水，梦境里的光影……即便我已经将它们设计了出来，也可以制作出来，但是……"

"但是？为什么要但是？"虞美儿眨了眨眼。

"没有但是，只是觉得……"

吴桐知道自己的执念究竟是什么了。

他过于追求完美，即便已经被认可，却还是觉得有需要改进的地方。他很想努力做好，但结果有时并非心中所愿。像一片青翠的树叶无意中落进了水里，或任流水将其承载到远方，或被浪花逐到岸边，或被漩涡卷入水底化为淤泥，或干脆被水中的某些生物吞噬。

吴桐觉得自己就像那一片树叶，纵使下落前如何挣扎或不甘，都被结果证明，身不由己就是自然规律。而此时的虞美儿，仿佛就是那承载树叶的流水。

吴桐为自己有这种悲观的想法感到不可思议，但却没有更好的想法可以代替。

"我住的地方到了。"虞美儿指了指前方的一个点式楼。

"嗯。"吴桐轻轻地应了一句，他知道自己与虞美儿的分别已近在眼前。

两人谁都没再说话。沉默中，他们想开启无数的话题，却不知该从何处说起。好像整个时空都被固定在了这个节点上，前进不得，也后退不得。

"谢谢你。"吴桐鼓起勇气开了口。

他觉得与虞美儿度过的这个夜晚，应当是自己这一生最轻松快乐的夜晚。

"该说谢谢的是我。"虞美儿真诚地望着他。

吴桐回应着虞美儿的眼神,他很想说说自己的心里话,却不知如何开口。

在他的眼中,虞美儿是多么与众不同。和那些曾经在"梧桐时尚"买衣服的姑娘,以及大街上时不时擦肩而过的年轻女孩都不一样。虞美儿的身上带着些不易被察觉的淡淡忧伤,这让吴桐不得不在开口前仔细斟酌自己的语言。

"告诉你个秘密。"虞美儿先于吴桐说话了。

"秘密?什么秘密?"

吴桐以为虞美儿又洞察了自己的内心世界。

"今天是我的生日。"虞美儿说完后,目光中多了些许暗淡,因为她已经到家了,而他们必须分开了。

吴桐惊讶地张大了嘴巴,想做些补救或是安慰,但虞美儿没给他任何机会,一个转身,头也不回地消失在了夜色中。

二

吴桐手足无措地站在街边,过了许久才渐渐缓过神来。

"今天是你的生日?可是……"

吴桐还在纠结虞美儿最后留下的话,可周围哪里还有女孩的影子,他没想到今天会以这样的方式结束。

一辆出租车在吴桐的身边停了下来。

"要坐车吗?"

"那个……"吴桐茫然地看了一眼自己的周遭,确信没有人后,才不情不愿地上了车，让司机将自己送到老宅的院门口。吴桐下车后推开院门，一头倒在床上，片刻后又猛地坐起身子。

他手忙脚乱地翻出出租协议，找到上面记录的虞美儿的身份证号码，才明白了自己的疏忽。这疏忽让本该完美的夜晚，留下了无法弥补的遗憾。

吴桐拿起手机，想给虞美儿打电话。但是又能说什么呢？祝她生日快乐吗？显然是多余的。虞美儿很快乐，吴桐能够感觉到，问题是，虞美儿过生日，为什么不与她妈妈在一起，而是找了他这个租房客。

吴桐看着手机里和虞美儿空空如也的对话框，不知自己究竟充当了什么样的角色。

或许，仅仅是一个巧合罢了。或许虞美儿只是随口一说。或许她原本不打算告诉自己。

吴桐想不出其他的或许了。

这天晚上，吴桐失眠了。

三

窗外月光如水，那一弯皎月，比在市内步行街上见到的大得多，残缺的地方也更加突出，明亮剔透，好似一块碧玉。

这个夜晚，如此之美。

若隐若现的云朵围绕着寥寥无几的星星缓缓移动，与透明的月色相映生辉，将吴桐的思绪带回刚刚被酒香环绕的场景，那震耳欲聋的音乐仿佛还萦绕在耳畔，穿着染色长裙的虞美儿也如在眼前。

吴桐起身走进制衣间，里面只剩一条被虞美儿嫌弃过的橘色长裙，在幽幽的月光中显得格外艳丽。吴桐拿起散落在木桌上的设计图，一页一页地翻阅，他能感受到自己的画技在无形之中大有长进，创意更是层出不穷。

这些设计图，让吴桐不安跳动的心逐渐平静下来，也让他更有信心去畅想以前从不敢想的未来。

他相信他所追求的都在来的路上，只是这一切来得如此不知不觉。

四

几个小时后，吴桐醒了，昨天是他住进老宅后第一个失眠夜。

他犹如一个盲目的游魂，机械地刷牙、洗脸，没什么兴致去计划这一天要怎样度过。就如在这世间的大多数日子一样，没有目的地行走。唯一一件能让他集中精力的事，就是采集板蓝根。

清晨的空气很清新，虽然已经到了深秋，却给人一种春天即将来临的感觉，尤其是郊外每天都有不同的景致。

吴桐决定按照之前的操作，以最快的速度，将郝歌送女朋友的长裙马不停蹄地赶制出来。但是天不遂人愿，当吴桐领着卡卡去到之前采摘板蓝根的田地，却惊异地发现几乎所有板蓝根都没了踪影，只剩下一些小而枯黄的，与泥土混在一起。

"看来只能用颜料了。"

昨晚还信心满满的吴桐此时就像泄了气的皮球。他觉得自己必须更加谨慎，否则只一个稍不留神，美好的未来就会化为泡影。

五

"你是干什么的？"

吴桐牵着卡卡回到老宅，刚迈上门厅的台阶，就听见芋头的声音从院门口传来。

吴桐不知芋头是什么意思，只是愣愣地站在原地。

"我是说你的职业。"芋头走到两家之间的院墙处，眼睛一眨一眨地等待吴桐的答案。

"裁缝。"吴桐认真而坚定。

"裁缝？"

芋头听了，突然绕过院墙，快步走到吴桐跟前，满脸的难以置信。

"你年纪轻轻的就成了裁缝？"

"年轻就不能当裁缝？"吴桐觉得芋头的话有些好笑。

"你的话当真？"

吴桐不想再做过多的解释，直接将芋头领进屋里。

"那是我做的。"吴桐指着那条橘黄色的长裙，向芋头示意。芋头将信将疑地走近，轻轻地抚摸长裙细节处的做工。

"你不觉得'裁缝'这两个字里有着太多的玄机吗？"芋头转过头，眼睛看向吴桐。

"裁缝就是裁缝，能有什么玄机？"吴桐觉得芋头的话过于玄奥，也过于小题大做。

"你看啊，这'裁'字本身，包括了怎么剪开一块布的所有构思，对吧？这一剪刀一剪刀地落下去，是做成裤子、裙子，还是风衣、棉衣、呢子大衣，又或是衣领、衣袖，这有很大的区别……"

芋头一边解释一边摊开自己的双手比画，希望吴桐能清楚地明白他的意思。

"你说得没错，是这么回事。"吴桐点头，示意芋头继续说下去。

"我接下来要说的这个'缝'字，肯定是一针一针地缝，但是究竟是缝大衣、缝裤子还是缝长裙，又或是缝衣领、缝衣袖？这又有太多的不同，我说的对不对？"

芋头几乎是一口气说完，然后静静地看着吴桐，等待吴桐给他一个坚定的回答。

可吴桐却什么都没说。不是他不想说，而是不知道应该说什么。

吴桐无法相信，芋头怎能一口气说出那么多与"裁缝"两个字有关的长篇大论。

"当然了，就是一剪又一剪，一针又一针，就可以创造出人类所有的服装，从上到下，从里到外。时间从古至今，从现在到未来……了不起，确实了不起。"

见吴桐不说话，芋头又开始用笨拙的语言滔滔不绝。吴桐逐渐觉得，他在芋头这位外行面前，也并没有什么优越感。

"你怎么不说话？"

"我在听你说呀。"吴桐笑了。

虽然裁缝是自己的专业，但是他却从来没有思考过这样的问题。而芋头这个门外汉，却看得比自己还要清晰明白些。

"吴桐，我这么说，你会不会觉得我见识短浅？"芋头小心翼翼地问道。

在吴桐看来，这句问话更像是对自己专业的挑战。

"你说得非常正确。"吴桐坦率地给予肯定，之后像是想到了什么似的,试探着小声问道,"你不会也是裁缝吧?"

吴桐还是无法想象,眼前这位常年沉浸在雕刻世界里的人,怎么会对自己的专业如此了解。

"不是。"芋头摇了摇头。

"这是我在这里做的,昨天拿走了一件,这是另一件,也快做完了。"

吴桐将长裙取下来递给芋头,像是在交付什么重要的产品。他的表情虽然很严肃,内心的情感却非常丰富,既有紧张忐忑,又有骄傲自豪。

可芋头却只是扫了一眼,便将衣服递还给了吴桐。

"看不懂。"

"看不懂?"吴桐纳闷了。

因为他刚刚分明在芋头的眼里看出了惊喜。那是对喜欢的物件或是人才会有的神态,这样的神态,吴桐见过不止一次,不管是在"梧桐服装"的顾客脸上,还是虞美儿脸上。

"这么好看的衣服,你看不懂?"吴桐又确认了一遍。

"看不懂。"

芋头回答完,不再看向那件长裙,而是径直走出了房间,直到走到夏沐兮的房间,他才停下了脚步。

"这门原来是锁着的,后来……"吴桐刚要解释,芋头却转身朝门口走去。

"也是,你一个大男人,怎么可能对这样的衣服感兴趣?"吴桐想了想,又补充了一句,"服装是服装,雕刻是雕刻,原本就不是一件事。"

"我走了。"芋头无心回应吴桐,留下简短的几个字就离开了。

这还真是个怪人。

吴桐呆呆地站在原地,刚刚还和自己相谈甚欢的男人,转眼就没了影儿,好像不曾来过一样。

吴桐思考了一会儿,大概知道了芋头为什么会有这种态度。他一定是看出了那长裙是给虞美儿设计的,而他与虞美儿最后一次见面的记忆又是不愉快的,他们之间的矛盾短时间内很难化解。

吴桐不再纠结,换好鞋子准备去市内采买染料,待有时间再将这橘色长裙的细节做一次处理。

毕竟有始有终,才是正确的人生态度。

六

"怎么回事?"

吴桐收拾妥当准备出门时,发现了折返的芋头,但芋头没有进屋,而是不慌不忙地在门口铺彩色方砖。

"你这是?"吴桐走到芋头跟前,有些不明所以。刚刚说走就走的人,怎这一转身的工夫,又回这院里干起"工程"了?

"你倒是提醒了我,这点儿活,我还真得抓紧处理了。"芋头头也不抬,专注地铺地砖,认真的态度都要让吴桐怀疑这是不是自己家了。

"都是我自己做的,做多了,顺便也给你这院里铺一些,免得一到雨天,这泥水都带进屋里了。"芋头将手里的方砖举到吴桐眼前晃了晃,语气中带着自豪:"我这砖,可是纯手工制作哦。"

芋头说完，又用手拍了拍那块砖，意思是彩砖的质量上乘。

"你看我刚铺的这几块，像不像向日葵？"

"向日葵？"吴桐转过身，发现已经铺好的几块砖，真的如向日葵的花瓣一般，排列整齐，一路直通到葡萄架下。不仅如此，砖面上还有一些用黑色小圆点和线条点缀的图案，特别精致。

"这向日葵真好看。"吴桐忍不住赞叹。

"那是，也不看看是谁的作品。"芋头的脸上绽出了笑容。

吴桐也不再赞扬，而是直接撸起袖子，加入了芋头的行列。

"别看这只是一些不会说话的步道砖，它们也有生命。"芋头说。

"我信。"吴桐郑重地回应。

"跟它们在一起，就像跟自己的灵魂在一起。"芋头不知是在说给自己听，还是在说给吴桐听。

"有时看似只有一个人，但因为有这些灵魂相伴，因此也不觉得孤独。这是一种精神支柱，"芋头又略有所思地补充道，"更是一种对生命的滋养。"

芋头说完，转头发现吴桐正看着他，眼睛眨也不眨，便有些不解地问道："我说得不对？"

"很对，非常对。"吴桐这才回过神来。

直到中午，他们才将地砖全部铺完。吴桐收拾好东西，终于坐上了去市中心的公交车。

七

车里很安静，除了吴桐，大部分都是老人。吴桐目不转睛地盯着车窗外，繁华都市的车水马龙逐渐映入眼帘，他的心情也变得复杂起来。

有感伤也有欣喜，有忧虑也有激动。

吴桐忘不了自己第一次来城里时，是如何豪情万丈，满怀壮志。顶着父母的反对，义无反顾地想要在这里开拓一片属于自己的天地。尽管他知道，自己不过是在这城市的街巷楼宇间穿行的普通人，所做的一切都微不足道，但那时的吴桐却没有任何胆怯，也并不气馁，甚至还觉得自己就如那蓄势待发的火山，终有一天会爆发出自己的力量。

当时的自己是那样意气风发，如今站在这里，吴桐依然能真切地回忆起当时的心情。

尽管最后以失败告终。

人生真的很不可思议，路上的人们来来往往，有相聚，有离散，也有渐行渐远。而我们所能做的不过是珍惜当下，为每一次的决定而热烈奔赴，不后悔自己的每一次选择。

八

采买进行得很顺利。

吴桐觉得，自己当下所走的路就如采买这个环节，看似琐碎，但是每一步都必不可少。若想在设计时得心应手，那么在挑选材料时就不可随意，还要在脑中有一个完整的规划。

吴桐很享受这种生活方式，他相信只要有条不紊地走好每一步，哪怕会经历失败，自己依然可以一次又一次地爬起来。

这次行程让吴桐有了新的体验和想法，这让他不再执着于提高设计制作衣服的效率，而是在每一个环节精益求精，以将服装的美丽最大化呈现。

这是一次行程，也是一次灵魂的洗礼，使得吴桐脑海中的宏伟蓝图变得更加清晰了一些。

九

出租车很快，不过片刻便驶离了市中心，刚刚的喧嚣伴随着窗外倒退的街景离吴桐越来越远。此时的他感到久违的放松，恨不得立刻飞回制衣间，将所有的想法用线条描绘出来。

在夕阳的最后一抹余晖消失之前，吴桐回到了家。

他打开屋里的灯，将所有需要的材料摆放在自己触手可及的地方。做好了所有准备，他便开始画设计图，有了之前的经验，他变得轻车熟路，整个过程一气呵成，没有一丝的迟疑。

吴桐决定在名为"白露为霜"的长裙的基础上，再加入一些真丝亚麻质地的缀饰，让裙子显得更加温婉质朴。他又在衣领和前襟的边沿处稍加修改，勾勒出一串抽纱芽边，包括袖口及后颈开叉处，都改成了与芽边相对应的象牙珠。

一对大小、亮度适中，适配整体气质的象牙珠。

只这一处改动，就让这条长裙有了不同于"白露为霜"的灵魂。

不同的衣服，陪伴人们度过不同的时间，产生不同的回忆。可每当回忆重现时，人们常常关注的，是当时的心情、情绪，或是具体的某个人、某件事，而衣服在此时却成了一种附庸。

这很不公平，不论是对衣服，还是对设计衣服的人来说。

对于衣服，人们常常是觉得不好看了，便换掉、扔掉，并不会想到设计者是带着怎样的心情，投入了怎样的爱意和心血才设计出它们。

不过想来，谁又会死守着一件衣服到老呢？

然而吴桐真的这么想过，只因为这些衣服上有太多他的回忆和心绪，这些对他来说都是刻骨铭心的。

吴桐发现，在灯光的投射下，长裙下摆的褶皱处已看不清原来的底色了，灰蒙蒙的像是藏着许多无法触碰的秘密。

这不易被察觉的微小区别，只有吴桐一人看得出，也只有吴桐一人了解其中的缘由。吴桐看了看房间，这里的一切好像是属于自己的，又好像都与自己无关。

十

天蒙蒙亮时，吴桐醒了，他不知自己昨晚是何时睡着的，也不知是怎么入睡的。

为了赶制作的进度，现在的他工作起来已经不分昼夜，困了倒头就睡，醒了就继续做。即便如此，他也心甘情愿。当缝合了最后一针，缝纫机的声音戛然而止，吴桐终于松了一口气。

终于可以停下来了。

尽管新制作的长裙看起来比"白露为霜"要精致一些，但是吴桐知道，这是两个不同的灵魂，而它们都最适合自己的主人。

十一

吴桐匆匆忙忙地吃完早饭,然后牵着卡卡出去散步。想到虞美儿此时应该不太忙,就编辑了一条短信。

"郝歌女朋友的新衣服做好了,不知道今晚你有没有时间。"

"晚上不见不散,天才裁缝。"虞美儿秒回了信息,让吴桐万分意外。

他决定要回家好好睡上一觉,养好精神来迎接即将到来的约会。

晚上,吴桐提前二十分钟先到了迪吧旁边的"风味馆",却没想到虞美儿已经在门口等候了。

"你请假了?"

"重大事件,当然要请假了。"虞美儿冲他眨巴眨巴眼。

蒜泥白肉、鱼香茄子、羊肉串、炒面片——他们刚坐下,服务员就将吴桐提前点好的菜端上了桌。

"你没来之前就点好了菜?"虞美儿有些惊讶。

"是,我怕耽误时间就预约了一些。我想,总会有一两样是你爱吃的,你再有什么想吃的,我们再点,"吴桐突然有些没来由的害羞,吞吞吐吐道,"你那天过生日,我疏忽了,不知这可不可以算作补偿……"

吴桐说完后用余光悄悄观察虞美儿的脸色。

"其实……"虞美儿拿着筷子若有所思,但仅仅是用筷子点了点盘子里的蒜泥。

"你不爱吃蒜?"吴桐连忙问。

"不是,我是说……不说了,赶紧吃吧。"

虞美儿冲着吴桐笑了笑，然后低下头"豪迈"地吃起来。这让吴桐觉得，自己与虞美儿之间亲近了许多，好像是久别重逢的朋友，抑或是恋人。

"真没想到，之前没去过的地方，去了一次之后竟要天天去。"虞美儿和吴桐离开风味馆，径直走向迪吧。

"只是，你给郝歌女朋友做的裙子也太好看了。"虞美儿突然停下了脚步，然后垂着脑袋伴装生气。

"你喜欢？"

"我当然喜欢了。"虞美儿嘟起了嘴，看上去有几分不情愿，但吴桐知道，这是女孩对自己的褒奖。

"那我明天再给你做一条比她这条更漂亮的。真的，我已经在设计这套系列了。我觉得，这样的服装，不只要有女装，还应该有男装。"

吴桐说出了自己的想法和规划。

"你呀，不用明天就做，你能想着这件事就可以了，不用天天那么辛苦，毕竟罗马又不是一天建成的。"

吴桐发现，虞美儿说这话时根本没看向自己，而是将目光移到远处的楼群和巨幅广告。

"我知道。"吴桐突然感到鼻子一酸。不知怎的，在虞美儿身边，他内心深处的脆弱总会被激发出来。

"知道还这么拼。"虞美儿的埋怨声不大，吴桐却听得清清楚楚。

也许是很久没有得到过这样的关怀了，吴桐有了一种精神坍塌的感觉。

很快，他又收拾好心情，继续朝前走去。

十二

"简直太难以置信了。"吴桐和虞美儿刚走进迪吧,郝歌和他的女友就热情地迎上来。

"看看有没有哪里不合适,及时告诉我,都可以调整。"吴桐将裙子递过去。

"应该没问题。"虞美儿看着跑向更衣间的背影,信心满满地说。

"你可真了不起。"郝歌搂住了吴桐的肩,用亲密的动作表达自己的感激。吴桐感受到了这份带着温度的赞赏。

"今天是我女朋友担任主唱,她一会儿就穿新裙子唱歌。"

说话间,郝歌的女友已经从试衣间走了出来。

"这也太美了吧!"郝歌惊呼着冲向女友。

"我会继续努力的。"吴桐有些抑制不住内心的激动。

他看着虞美儿和郝歌的女友,想起了那句民间俗语:"人是衣裳马是鞍,三分长相七分打扮。"

"要我说,那古书里的青缎儿扎巾和青缎儿箭袖,就是再怎么勇猛,身边如果没有你这样的美女子,也会黯然失色。"郝歌望着女友啧啧赞叹。

吴桐倒是不觉得郝歌的女友真如他说的那般秀丽,而是幻想着这条长裙穿在虞美儿身上的样子,定然是一番美景。

"这裙子,很配你的女朋友嘛。"吴桐的身后传来一声赞许。

他转过头,发现身后站着一位鬓角发白的男人。直到郝歌的女友喊了一声"舅舅",吴桐才恍然大悟——原来是亲友团到场了。

歌曲前奏结束后,郝歌的女友走到驻唱歌手的位置,用美妙的歌喉娓娓道来：

  窗外飞雪　江山白了一片
  屋内微寒用回忆取暖
  炉火煮酒　一沓宣纸在案
  研墨写不尽对你的痴癫

  轻柔的乐曲声中，吴桐想起了自己离开老家的那一天，一个人孤单上路，没有父母的祝福，只有埋怨和质疑，他们不相信吴桐一个人能在陌生的城市里创造出什么未来。

  在某个地方蛰伏了很久的情感，这一刻被唤醒。吴桐看着不远处的霓虹灯，回想那天在路上的点点滴滴，感到五味杂陈。

  借你姓氏　刚好做了开篇
  一笔一字再一句一段
  墨色渲染　素纸写作相思卷
  收笔时第一滴墨还未干

  "这歌词写得真好。"吴桐忍不住感叹。

  "你喜欢？"郝歌看向吴桐。

  "非常喜欢。"

  "这首歌的名字叫《纸上书》，是我朋友写的歌词，谱的曲子。"郝歌自豪地说。

  "你女朋友是原唱？"

听到这里，虞美儿也瞪大了眼睛，看了看唱歌的女孩，又看了看郝歌，迫不及待地想知道答案。

"我女朋友不是原唱，是翻唱。"郝歌摸着后脑勺，不好意思地笑了笑。

"翻唱都这么好听，我外甥女就是厉害！"舅舅赞叹道，语气中带着自豪，"好歌好曲好演唱，还有好衣服好男友，这回应该算是齐了！"

"吴桐，虞美儿，我女朋友的舅舅可不是一般人，他可是我们圈子里无人不知、无人不晓的钱总。"

"你好。"吴桐礼貌地冲着钱总点了点头。

"小伙子，衣服设计得不错，前途无量，大有作为，一定要继续努力，别骄傲。"钱总竖了竖大拇指。

吴桐表面不露声色，内心却喜出望外。他觉得人生的许多事都是命中注定，好像自己所有的坚持，都是为了这样的时刻。

当初他不顾父母的反对，踏上这陌生的旅途，决心走出一条自己的道路，即便可能望不到尽头，可能布满坎坷和荆棘，但他不会回头，也不会后悔。他明知前路茫茫也要独自闯荡，只是不想白白浪费了这一生。对于他来说，旅途的风景比终点更吸引他。所以无论命运以什么样的方式呈现给他，他都心怀感激。

就如他在"梧桐服装"的尝试，虽然以失败告终，但那段经历在吴桐的生命中却有着举足轻重的地位。

十三

天色渐浓，大家说说笑笑地走出迪吧。

钱总心情不错，主动提议送大家回家。一路上，他兴致勃勃地说着自己创业的故事，比如刚开始做生意时，由于没有银行卡，只能把现金用布袋绑在腰上等等。

虞美儿下车后，吴桐也跟着下了车。

"这么晚了，我必须送你。"

"你昨天做了一夜的衣服，赶紧回家睡觉。我妈会出来接我，用不了几分钟我就回家了。"虞美儿一边说一边摇头。

"绝对不行！"

"不行也得行。"虞美儿将吴桐推到车上，示意司机将车开走，转身便跑了。

"不让送就别送了，女孩子的话，一定要听画外音，"钱总看吴桐焦躁不安，就拍了拍他的手臂，语重心长地说，"不让送自有不让送的道理，让送也有让送的理由。"

吴桐失落地点了点头，他看向车窗外，已没有了虞美儿的身影。他知道自己和虞美儿之间，不会再有第一天的那种际遇。

在空旷的街道上，只有他们两人，一边散步，一边谈天说地，悠闲而浪漫。可惜那样的日子已经过去了。

十四

"吴桐，我给你地址，你立刻带着你一开始做的那件橘黄色长裙过来,我要穿。"

吴桐刚吃过早饭,就接到了虞美儿的电话。

"给你添麻烦了,越快越好。"虞美儿在电话里又叮嘱了一句。

"越快越好?"

"是我们'金牌灯饰'的家居灯会,需要模特走秀,我觉得你做的那条裙子很适合我穿。"

"放心吧,我立刻送到。"

吴桐能听出虞美儿语气中的急切,快步走到制衣间开始收衣服。

"路上注意安全。"没等吴桐回应,虞美儿已经挂断了电话。

吴桐收拾好物品,跑到路口去拦出租车。直到坐上车,吴桐还恍恍惚惚。

"越快越好。"吴桐坐在车上,耳边依然回响着虞美儿的嘱托。

吴桐觉得自己办事越来越雷厉风行,有创意就立刻实行,想做衣服就立刻去做,这一刻,想出门就立刻出门,面对问题也能从容不迫地面对。

这感觉很好。

至少看到了自己的成长。

十五

"我已经到了,虞美儿。"吴桐下车前给虞美儿打了电话。

"我这就下楼,你马上就能看到我。"听筒里传来虞美儿迎接他的脚步声。

"你下楼,我上楼,或者在电梯门口……"吴桐话还没说完,虞美儿已经将电话挂断了。

十六

金牌灯饰。

吴桐曾无数次想象过，自己穿过人群走进这里的场景，却没想过现在会以这种方式来到这里。

无论是白天还是夜晚，"金牌灯饰"都犹如一座水晶宫殿。蓝色玻璃墙在阳光下闪着耀眼的光芒，到了晚上，透明的楼梯会从玻璃墙内反射出比白天还要璀璨的光晕。宫殿里的人来来往往，从不驻足。

车子刚拐到"金牌灯饰"的门廊处，吴桐就看到了在门口张望的虞美儿。

"急死我了，你来了我就放心了，不然我该在同行面前丢人了。"虞美儿一把拿过吴桐手里的衣服，露出了谢天谢地的表情。

但是吴桐却有些失落，因为他能感受到，虞美儿的高兴，更多是因为他带来的衣服，而不是他。

"吴桐，我是因为这条裙子才参加的这场走秀，你信不信？"

虞美儿用弯弯的笑眼望着吴桐，让吴桐的坏心情转眼烟消云散。他好像也被虞美儿所感染，整个人变得雀跃起来。

"等一下，我鞋带开了。"

虞美儿忽然蹲下身子，将脚上鎏金的细丝绸鞋带重新打了一个蝴蝶结。吴桐这才发现，这双鞋与自己设计的长裙相得益彰。

"这双鞋不错。"

"是我特意选的，就为了跟你做的这条裙子相配。"虞美儿边说边将另一只鞋的鞋带也重新打理。吴桐安静地看着虞美儿，觉得她的动作为那袭温婉端庄的蓝风衣更添了几分迷离的风韵。

原来不仅衣服能够装点人，人也能为一件平凡的衣服增添魅力。人跟衣服早已融为一体，成了彼此的一部分。

吴桐想到了之前跟虞美儿一起探讨的各种白色。

以月白作为底色，然后用各种鲜活的绿色来点缀，比如春天的翠绿和葱绿，夏天的草绿和苔藓绿，秋天的褐绿和墨玉绿……无论哪一种绿，都体现了生命一往无前的力量。

吴桐又想到了原野绿、松石绿、孔雀绿、橄榄绿、铜锈绿等，这让他见到虞美儿时意念便如水草般漫涌，层层叠叠，缠绵不绝。

吴桐完全可以想象得出，虞美儿穿上这件长裙，会怎样美若天仙。

这种想象为他带来了温暖，甚至成了他安全感的来源，就如漫长路途中一个可以停靠的港湾，无边沙漠中的一湾清泉，漫漫长夜中带来希望与期盼的美梦。这让吴桐对于服装设计又有了一种新的认知。

吴桐觉得，所谓的古风或国风，应该有精神层面的某种引领，用更多体现民族传统的元素，与人们已司空见惯的颜色、风格做衔接、交融。在这个过程中，自己不仅仅要成为一个执行者，更要成为一个创造者，一边传承一边改良，改良后再继续传承。

"吴桐，快跟我走，再不走就来不及了！"虞美儿的声音打断了他的思索。

吴桐跟着虞美儿走进"金牌灯饰"的电梯，上楼后通过一条长长的过道，在一处旋转楼梯的缓步台处，推门走进一个空旷豪华的大型展厅。

展厅的主会场只有一面墙壁，其余三面是宝石蓝的玻璃灯饰。

"你来得正好，我正要给你打电话。"

一位年轻男士火急火燎地走到虞美儿身边。

"他就是在我家老宅住的那位租房客。"虞美儿向男人介绍了吴桐。

"租房客？"男人看着吴桐愣住了。

"是位裁缝，我一会儿穿的衣服就是他亲手设计制作的。"

"你好，我叫苏杭，是美儿的朋友。"男人将手伸向吴桐，语气带了些不明的意味。

吴桐见过很多像苏杭这样的男人，女生堆里的暖男，言谈举止温文尔雅，是世人眼里的青年才俊。但在吴桐看来，苏杭对他总有掩饰不住的敌意。

"美儿，跟我走吧。"苏杭招呼了一声虞美儿。虞美儿示意了一下吴桐，便跟着苏杭离开了。

吴桐看着逐渐消失在视线中的两个背影，顿时感到了难以言说的孤单和失落。纵使大厅里的人络绎不绝，可吴桐却觉得自己与他们相隔得那样遥远。

吴桐不得不自顾自地走向琳琅满目的灯展展台。

琉璃灯饰在阳光的照射下熠熠生辉。个别昏暗的地方，灯饰发出微弱的光亮，就如夏夜天空中的星星点点，让经过之人无不驻足观赏。

灯是从容静谧的光明使者，有灯，就不用害怕黑暗和孤独。吴桐回想刚刚一路走来所看到的灯具，大大小小，形态各异，让他目不暇接的同时又心生感慨。灯不仅仅能用作简单的照明、装饰或点缀，甚至自身也能成为一处独特的景致。

这与衣服又有何异？

任何一个夜晚，只要有这些光照，人们就可以与黑暗抗衡，延续白天未完成的梦想。灯除了给人光明，也给了人展望未来的勇气。

吴桐知道自己要走的路还很长，可能会充满艰难险阻，却也不乏希望。如果说设计一件衣服就是攀登一座高山，那么他已然行走在千沟万壑的山脉之间。

十七

吴桐无意间回身，便一眼见到走向灯具展台的虞美儿，她穿着那条橘黄色长裙，举止落落大方。

吴桐方才的失落一扫而空。

"真好看！"吴桐不由得发出感慨。

他确实没有想到，一块闲置的布料经过他的制作能够变得这样灵动鲜活。

"一会儿就让你看看我走秀时的重要环节。"

虞美儿跑到吴桐身边，语气带着些天真烂漫。这让吴桐觉得自己已不单单是一个裁缝，而是一个与虞美儿一样展示美、呈现美的使者。

"你看这个。"虞美儿拿出一直被她藏在身后的，一盏只有巴掌大小的橘灯，里面发出微红的光芒。

"里面的电池还能更换，怎么样？"虞美儿的兴高采烈中还带着一丝自豪。

"真有你的，还弄了这么个有趣的物件。确实很不错，也很好看。"吴桐认真点评，眼睛却不看小橘灯，而是目不转睛地望着她的脸，"你现在就跟一幅画儿似的。"

吴桐觉得，虞美儿已与她手里的小橘灯融为一体了。小橘灯在虞美儿的手里发出幽幽的光亮，隐约间他仿佛闻到了熟透了的果实的香气。

虞美儿将小橘灯的开关关了又开，有意将吴桐的目光吸引过去。

"是不是很精致也很好看？"虞美儿将灯举到自己耳边，"我这耳环跟小橘灯是配套的，还有你做的这条裙子，我的鞋，我的袜子，是不是很和谐，很美？"虞美儿问吴桐。

"很美，真的很美！"吴桐不想吝啬自己的赞美。

"你的创意很特别，我的创意也很了不起吧？"虞美儿将手里的橘灯和耳上的耳坠一起靠近吴桐，想让他看得更仔细一些。

"我这耳环里也有灯。"虞美儿将手摸向耳环，只轻轻一捏，里面便一闪一闪的，发出了橘红色的光芒。

"根本没想到吧？"虞美儿见吴桐盯着她像呆住了一样，就顺势捏住裙角轻轻扬起，薄如蝉翼的轻纱便飞舞了起来，最后缓缓落下。吴桐刚回过神来，又陶醉在这轻柔飘逸的美好里了。

"我就是因为这小橘灯耳环和手提灯，才想要穿你的这条裙子，"虞美儿又补充了一句道，"虽然这两条裙子相比，我更喜欢你用板蓝根染色的那一条。"

吴桐还没来得及回应，就见虞美儿自顾自地在他面前转了一圈，然后笑意盈盈地问道："是不是很好看？"

"当然好看。"

话音刚落，虞美儿就穿着那条长裙像一阵风似的跑了。

吴桐站在原地，脑海中还在不断播放着虞美儿灿烂的笑容。

他的心中陡然升起一股胆怯和不安，像是在害怕失去什么，但是，他分明什么都没有拥有。

十八

走秀开始了。

男女模特身着各种款式的衣服排成一列，在等候表演的开始。而虞美儿是吴桐眼中最美的女神。

宽敞明亮的大厅里，吴桐目光所及之处，是琳琅满目的灯饰和朦胧梦幻的光影所打造出的场景，包括四季的自然景观，几乎应有尽有。

虞美儿此时在候场，她将及腰的长发用一根皮筋拢于后脖处，灯光将她的妆容映照得更加精致，耳垂上悬挂的小橘灯，每走动一步都会闪烁一次，与虞美儿手中的灯盏交相辉映，迷蒙又带着些神秘感。吴桐站在不远处，只觉得她稍稍挪步，便带动一股淡雅的清香。他有预感，虞美儿这次一定会取得成功。

吴桐的成就感得到了满足。只有他知道，自己为了这一刻美好的到来付出了多少。比起机械地制作那种风格普遍、适应大众的衣服，他更喜欢专门为某个人，根据她的气质和特点而设计服装，这种工作往往要倾注更多的心血，付出更多的情感。

吴桐觉得自己在创作的这条路上，又多了一个目标。

哪怕是不分昼夜，废寝忘食地工作，他都乐此不疲，只为了模特表演的成功，或仅仅是为了虞美儿脸上的笑容。

妩媚而生动，世间仅有且无法模仿。

虞美儿摇曳的身影，带着空气中若有若无的香甜，占领了吴桐的视线和嗅觉，跟他所有关于虞美儿的记忆纠缠在一起，令他陶醉其中无法自拔。

无论周围的灯光怎样闪烁，人群怎样喧嚣，吴桐的眼睛只能看到虞美儿一人。虞美儿时不时捋捋衣袖和头发，肉眼可见的紧张。这种小动作在吴桐看来无比可爱，他深觉之前的擦肩而过，不过是为了如今更好的相遇。

或许，一切都是最好的安排。

十九

模特走秀很快就结束了。

虞美儿从舞台上下来，返回吴桐的身边："跟我走。"

吴桐跟着虞美儿走出大门，通过长长的走廊，走进虞美儿换服装的房间。

"你去那个屋里拿瓶水喝，我去里间换衣服，等换了衣服后我们等电话来了出去聚餐。"虞美儿说完便进了里间。

吴桐没有去拿水，只觉得自己好像依然沉浸在梦境里，连走路都轻飘飘的。

"你看，换上了我自己的衣服，是不是整个人都变了？"虞美儿款款走出里间，卸下妆容，换下衣服后，气质确实有很大不同。

"那条长裙很适合你。"吴桐自认为那件长裙的精髓就在于宽袖，尤其是边沿的几条细绳，让虞美儿在举手投足时显得楚楚动人。

吴桐想说出自己的想法，又怕虞美儿误解他在自夸，便谦虚地补充道："这衣服也不难看。"

"你这么以为？"

"算是吧。"吴桐回答。

话说出口了，吴桐又有些后悔了——虞美儿会不会觉得他不够真诚？虞美儿好像看出了吴桐的心思，没有再说话。

她抬起手抚了抚衣领的下角，层层叠叠的网纱下，胸口处的皮肤显得白而细腻，上面还有一颗小小的红痣。

见吴桐在望着自己，虞美儿下意识用手指压住了那颗红痣。

吴桐笑了。

虞美儿也笑了。

吴桐注意到，虞美儿的手指很纤细，指甲上一抹淡淡的嫣红，仿若刚刚长成的南国红豆，带着不落俗尘的天然本色。

"怪不得当时她会嫌弃那件橘红色长裙。"吴桐这样想到。

他恍然间悟得，衣服不是做工齐整了，就可以称之为好衣服，比如虞美儿身上的衣服，就有一些瑕疵——缺色彩，缺个性。

这里的色彩，不是单纯指红蓝黄这些颜色，而是情感色彩。

比如设计者设计这件衣服时的快乐。

比如买它之人对它的期待。

比如穿上它时的满足。

"其实，衣服本身也是设计者和拥有者的审美交流。"吴桐看着虞美儿说。

"其实，也只有你做的衣服，才能让我穿出我想要的气质。"虞美儿听了吴桐的话，不假思索地回应。

"其实……"虞美儿还想说什么，但只是看着吴桐欲言又止。她在想该怎样组织好语言，让吴桐更清楚地了解她的想法。

"我知道你要说什么。"

吴桐觉得，他完全没有必要在虞美儿面前掩饰自己。每个人的潜意识里，实际上都期望能在茫茫人海中找到与自己相契合的那个人。恰好在这时，他们相遇了。上天赐予他们这个机会，就要牢牢抓住。

"我要说什么？"虞美儿凑近了吴桐。

"你是不是想说，如果能一辈子都穿我做的衣服就好了？"吴桐说出这句话后自己都吓了一跳。

虽然吴桐说中了虞美儿的想法，但这样坦率的表达还是第一次，因此虞美儿也惊讶地瞪大了眼睛。

两人陷入了沉默，空气好像凝结了一般。

他们也说不清自己是什么样的心情，有害羞，有惊喜，有开心。最后，他们也不再纠结，而是心照不宣地转移了话题。

"一会儿等电话来了，你就跟我一起去参加庆功会。我坐我们领导的车，你坐后面那辆车。"虞美儿一边掩饰自己的娇羞，一边对吴桐说道，"我今天穿的那条长裙，就不还你了，因为，已经归我了。"

"本来就是给你做的。"吴桐看着虞美儿微红的脸庞笑了。

"来电话了，咱们这就下楼，"虞美儿见来了电话赶紧站起身。

等走到楼梯口时,她像是想起了什么似的,抿着嘴笑着对吴桐说,"给你的裙子一百分。"

吴桐还没反应过来,虞美儿就像个小兔子一样逃走了。

吴桐跟着虞美儿来到主楼门厅外,然后像虞美儿说的那样,两人分别进入了两辆车。十几分钟后到了庆功宴的酒店,一群人在包房中一一落座。

"他就是我今天那件漂亮长裙的设计者、制作者,一位自称裁缝的时装设计师——吴桐。"虞美儿郑重向大家介绍了吴桐。

吴桐向所有的人点头微笑。

"时装设计师?"虞美儿的话使得所有人一起将目光投向吴桐。

"其实,我们'金牌'完全有能力向服装领域拓展,关联企业那么多,再增加一项业务又何妨?"苏杭说完这句话,用试探的目光看向大家,见没人听出他的言外之意,便将头转向虞美儿问道,"虞美儿,你琢磨琢磨,我这个想法怎样?我们'金牌灯饰'和你们的'金牌时尚',是可以相辅相成的。经过今天这一番操作,我认为服装、灯光、杂志它们三者之间,也能很好地融合。"

见大家都望向他,苏杭继续说道:"我倒是觉得,它们三者虽然不一定要有所关联,但可以找到共通的点,你们说是不是?"

苏杭说完,见虞美儿没有接话,便转移了话题:"今天不谈工作了,咱们只讲如何放松情绪。大家都很辛苦,今天,咱们都要吃好喝好。"

苏杭带头将手里的酒杯高高举过头顶,众人见了也一起模仿。一阵嬉笑后,酒宴正式开始。

吴桐举起酒杯向苏杭和虞美儿示意,喝了一大口后,便陷入了恍惚。他觉得，即使坐在同一个酒桌上，自己仍像个局外人。即便在这一刻他可以和所有人谈笑风生，但只要离开了酒桌，他们之间的距离就会越来越远。

"你在想什么？"虞美儿看吴桐心不在焉，还以为是他累了。

"没想什么。"吴桐云淡风轻地笑了笑，即使在内心深处，他特别希望此时包房里不是一群人敬着酒说着客套话，而是只有他与虞美儿两人，像之前那样推心置腹地说着心里话。

"感谢虞美儿今天的光彩照人。"苏杭笑着看向虞美儿。一阵热烈的掌声响起，吴桐却觉得如坐针毡。

虽然他很为虞美儿感到高兴，但众人对他这位设计者的忽视让他感到有些挫败。

酒席结束后，虞美儿要与吴桐和苏杭分别。

"谢谢你。"虞美儿带着醉意说道。

"应该说谢谢的是我。"吴桐和苏杭几乎异口同声。

"回家的路上都注意安全。"虞美儿转过身，很快便在他们的视线中消失了。

苏杭和吴桐坐在车后座，一路上肩膀挨着肩膀，却没再说一句话。吴桐从苏杭的车上下来，突然感到一阵伤感。

吴桐想家了。

他也说不清，为什么在这一刻会想家，而不是想刚刚分别的虞美儿和苏杭。

二十

如果是在家,吴桐一定会先被爸爸骂几句,再被妈妈唠叨几句,然后闷头倒在客厅里的沙发上或是卧室的床上,或干脆就在餐桌旁的椅子上。

而此时,吴桐却只能站在院门外,身边只有冲他摇尾巴的卡卡。吴桐的鼻子酸酸的,怎样都无法止住泪水。

二十一

吴桐想起了那些信。

那些被虞美儿随手扔进垃圾桶里,又被自己捡起来的信。

吴桐推开一道道房门,拿起了木架上的那沓信。他的内心涌起莫名的焦虑和不安,每一封信都带着让他无法抵挡的神秘魅力,变成无法琢磨的另一个世界。

吴桐解开丝带,见每封信的左上角都有 S 和 H 两个字母。之前这些信被自己忽略了,但这一刻,吴桐觉得那两个字母醒目又刺眼——难道是苏杭名字的首字母?

吴桐立刻打开一个未拆封的信封,里面除了两张空白的纸,一个字都没有。

吴桐又打开了另一封信,只寥寥的几个字:"我今天又看见你了。"

这是什么意思?这也叫信?

吴桐收了信纸,按照原来的样子放回信封,他觉得这根本不叫信件。

吴桐又打开另一个信封,跟前面的那个几乎一样,只不过是字数多了一些:

"虽然你在人生的道路上,不幸被人踢进山谷,但是,你可以凭借你自己的力气,再爬上来。"

这更不叫信了。

这什么都不是。

吴桐觉得,不怪虞美儿将这些东西扔掉,确实没什么内容,也不值得一看。只是此时,他对自己的想法和行为感到不可理喻,甚至是懊悔。为什么要进行这样的联想,还要偷窥?即便是被丢弃的东西。可吴桐相信,如果不这样,这个谜团会时刻搅扰自己的心绪。

为什么会这样?

吴桐无法解释,也不知道答案。

吴桐将信封重新捆好,放回原来的位置。

他觉得自己又站在了人生的十字路口上,只是这个十字路口,没有红绿灯,只有看不清的迷雾。在那片朦胧的迷雾中,又有一星半点的光明,像是一种引领,或仅仅是一些暗示,但都与那些信件无关。

吴桐在静默中环顾了一眼房间,目光所及的一切,包括之前画的那些设计草图,都让他觉得自己是一个过客。

吴桐的脑海里,出现了一些混沌的色块,或清晰,或模糊,或圆或方,或干脆就是一堆又一堆的乱麻。

吴桐又失眠了。

他仿佛看到了一些影像——穿着时装的模特在清晨的薄雾里走

来，且不断地变换着身姿。

吴桐想到了"逍龙时尚"。

他决定天亮后，去一趟"逍龙时尚"。

尽管徐逍龙对他不是太热情，给自己当了许久助手的陈晓薇也是如此，但他没有时间和精力去在意别人对自己的态度。

吴桐深知，自己要赢得的不仅是虞美儿，还有一个属于自己的天地。而他，也不再是原来的那个自己了。他成了一棵树，一棵茁壮的树。这棵树在这一刻获得了天地的滋养。吴桐觉得，在这一刻成长，抑或是成熟，是自然而然的一种愿望。

是能带给他人以感悟的愿望，也是能将吴桐带进梦乡的愿望。

第五章 柴米油盐酱醋茶

一

"卡卡,起来,赶紧起来!"

黎明破晓之前,吴桐醒了。

吴桐准备早些出发去"逍龙时尚",但要在打理完卡卡的各种事宜之后。吴桐觉得,自己在建立梦想王国时,时常因为过于忘我而忽略了卡卡的存在。

睡梦中的卡卡被吴桐叫醒,立刻生龙活虎起来,一边冲吴桐摇尾巴,一边跟随着吴桐,随时准备冲出院门。

"今天咱们走更远一点儿。"

吴桐要将昨天对卡卡的亏欠,用今天的陪伴进行补偿。

二

吴桐领着卡卡走在寂静的街道上,没有行人,也没其他任何声响。高架桥上驶来的火车,以疾风般的速度由远而近呼啸而过,这让吴桐觉得,这个叫西迟的地方并不偏僻,至少在这样的时刻。车上会有众多乘客,像自己当年那样来到这座城市,并且来了就没再离开。

吴桐觉得,相比市中心的喧嚣,这里确实是个不错的清静之地,人不多，干扰也不多，自己可以专心做自己要做的事。最重要的是，吴桐自己也没什么选择，作为一个过客，无论在城市的中心还是边缘地带，哪里都不是家，所以住在哪里都无所谓。在城市边缘，白天能听到鸟语花香，晚上还能听到火车的轰鸣声。那些火车来了，又走了，带着车上人的梦想、忧伤，带他们去目的地，去体验各种人生。

生命，原本就是用来体验的。在花开的季节喝茶赏花，在叶落的季节伤春悲秋，在寒冬里向往夏天的炙热，在燥热中又寄希望于一抹微凉。

吴桐牵着卡卡在那条走了多次的小路上绕了许久，终于在齐肩高的芒草之间，见到不远处有个水泥台阶。

吴桐想领卡卡在上面安静地坐一会儿，可卡卡却不肯，吴桐只好跟在卡卡的身后，走到一个废弃的高架桥墩上。

桥墩上有一个还没被拆掉的平台，坐在上面可以看到平时看不到的远方。吴桐坐上去，卡卡也跟着爬上去，但仅仅是转了转身，卡卡便跃下平台，奔向了低洼处的水边。

残桥下水面如镜，朝霞散落在上面，像钻石一样闪着光芒。远处成片的田野里，金黄的麦浪一直通向远方的大路，远远望去，如色彩绚丽的西洋油画。卡卡趴在土坡上，偶尔扭头看一眼吴桐，多数时候都安静地看向不远处的几只吃草的白羊。

万物皆有灵。

吴桐看着卡卡，看着起早吃青草的山羊，远处的飞鸟，天上飘浮的白云，觉得世间万物都可以相通相融、相依相存。

吴桐看向更远处的市中心。楼群高低错落，在金色的朝阳里招摇着。楼群中，依稀可见五花八门的广告，马路上的行人以及车流，这让吴桐不禁联想到"生如蝼蚁"这个词。当然，还有一些通体都是玻璃的高楼大厦，像蓝宝石，也像城市里每天都会上演的幻梦。

吴桐想起那两件自己夜以继日制作的衣服，心里总觉得空落落的，自己付出了这么多，却连个证明都没有了。好在它们都有了美好的归宿，也带来了意外的收获，这些都成为滋润吴桐心田的养料。

吴桐感到自己的内心越来越强大，不再像之前那样敏感。所谓的成长，不正是如此吗？一边自我怀疑，一边在历练中成熟。

吴桐想到了色彩。

这一路，他与卡卡一起，几乎是狂奔在色彩之中，被色彩所包围、所诱惑。

蓝色。

吴桐想到了这个一向被自己偏爱的颜色。然而吴桐更喜欢的，并不是纯粹的蓝色，他认为，那种蓝虽然深邃，但缺乏一种自然的平和，如果过于纯粹，就会不再温和、朴素与谦卑。

瞬间，有关蓝色的种种一股脑地涌进吴桐的脑袋里，好像每一个细节都不容忽视。吴桐想到第一次见到虞美儿时，她穿着蓝色风衣从火车站推门而入的场景，那种怦然心动的感受，被刻印到了吴桐的记忆深处。

颜色可以承载文字、记忆和感受。

因此在这一刻，吴桐不得不借用一种自己偏爱的颜色，与自己的内心进行深度的对话。通过这种方式，筛掉那些不好的、讨厌的、消极的感受，以此来获得内心的安宁。

吴桐跳下平台，迅速逃离了这里。

像逃离了自己的秘密，有些慌张，有些狼狈，又有些兴奋。

回去的路上，吴桐竟不自觉地哼起了歌。

三

吴桐坐上了去"逍龙时尚"的公交车。

过了上班早高峰，车上的乘客还是很多，但是每个人都很安静，呆呆地望着窗外，像是喜怒哀乐都被按下了暂停键。

吴桐没有像以往一样观察人们的穿着，而是看向车窗外熙熙攘攘的行人，不知不觉想到了虞美儿。

这时的虞美儿，一定也在去公司上班的路上。

>　纸上书　写不尽这一别已经年
>　天涯遥远　唯明月照故园
>　平仄有韵千字诀　见字如面
>　转身回眸　灯火夜阑珊

头顶的广播里传来郝歌女友翻唱的那首《纸上书》。车上的人大多无动于衷，发呆的仍继续发呆，只有吴桐在这首歌响起时心潮澎湃，他又想起了那一天。

那天夜里，吴桐与虞美儿去了风味馆，去了迪吧，去给郝歌女朋友送新衣服，当时也听到了这首歌。歌曲出现得恰到好处，像是某段经历的铺垫，又像是某个片段的演绎。

吴桐恍惚间觉得，这歌曲里记录的就是他自己的故事，因此每一句被演唱出来，他的内心都会受到触动。

青春本没有区别。

爱的情感也没有。

吴桐的思绪跟随着歌声起伏，他的整个灵魂完完全全地融入了另一个时空——用音符和文字组成的时空。

　　纸上书　约尘世再相逢于何年
　　岁月长长　又怎叙悲与欢
　　若还能执手相看　已无泪眼
　　缘深情浓　花好月正圆

这歌就是唱给我的。吴桐这样想。

层次清晰的段落，缠绵幽婉的歌词，每一字、每一句都显现出唯美的忧伤。这忧伤让吴桐觉得，自己在流年中的真实写照，被一种有别于服装的符号，记录在几案，传播于时空。

歌曲也好，服装也罢，不都是为了让这世间的某些人，在听到或见到的那一刻能为之心动。

吴桐想到了"囚"字。

吴桐真希望这世间会有这样一个人，将他囚禁在某种感情中，使他不能逃离，也不想逃离。

如果可以的话，他希望那个人是自己喜欢的人。

吴桐又想到了虞美儿，但仅仅是那么一个瞬间，便不敢再往下想了。

四

外兑——吴桐走到"逍龙时尚"的门口,却发现玻璃门上贴着这样两个字。他不敢相信自己的眼睛,不过是几天时间,怎么就变成了这样一番景象?

当初自己经营这个店时,硬是扛了那么多时日,也度过了一些难忘的时光,纵然结果是令人沮丧的。吴桐实在无法想象,自己亲手交接出去的店铺,在新主人徐逍龙的手里竟更加落败了。也许网店对实体店的冲击让一般店主很难抵挡,但对徐逍龙来说,不应当是这样的结果。

"来了。"

徐逍龙见进来的是吴桐,就随意敷衍了一句,吴桐也没有跟他计较。

"我路过你这儿,顺便进来看看。"吴桐撒了谎。

"看吧。"

徐逍龙坐在椅子上,用水笔朝衣架方向指了指,然后便像看不见吴桐一样低头摆弄手里的笔。

"生意不好?"吴桐看向货架上的衣服,一边问道。

他尽可能让自己的问话显得自然一些,所以没直截了当地问出为什么"外兑"。毕竟对每一个店铺主人来说,如果不是万不得已,不会将这样两个字贴在大门口。吴桐不想因为自己的不慎,伤害到徐逍龙的自尊心。

"我现在才知道,你当时对我说的要慎重考虑是什么意思了。"徐逍龙面无表情地说。

"我当时遇到的那些困难，我以为你不一定遇到，但我至少还把这个店开了将近三年，没想到你这才接到手里就这样了，"吴桐走到徐道龙跟前，目光却在不经意间瞥到另一处，"这件衣服！"

吴桐无法表达自己的感慨。

这件衣服在他上次来时就挂在那里，从颜色到款式，都是他喜欢的风格，如果自己不是"道龙时尚"的原店主，他一定会将这衣服买到手。但眼下这种境地，即便自己买了那件衣服，对徐道龙和这家店来说，也起不到任何帮助。

"如果没有网店的冲击，这些衣服早就走货了。"徐道龙叹了长长的一口气。

"也未必。"

"为啥？"

"网店也不是万能的，网店也有软肋。"吴桐看向徐道龙，很笃定地说道。

"什么软肋？"徐道龙突然站起身走近吴桐，眼里闪出一道光。

"什么都有软肋啊！任何事物都有正反两面，这两个方面还能互相转化，坏事有时也能变成好事。"吴桐像是想到了什么好主意，笑着望向徐道龙，"想不想与我联手？"

"联手？我们俩？"

话音未落，试衣间里偷吃着面的陈晓薇突然端着饭盆蹿到吴桐面前，嘴角还挂着一截面条。

"你还开你的店，我呢，就给你提供服装设计，或许还会有后期的制作和网络销售，就这么一个想法，还不太成熟，还需要仔细斟酌，但在这个合作共赢的时代，只要能想到，就一定能做到。"

吴桐信心满满地说道,"一切皆有可能。"

"你还会设计衣服?"徐逍龙惊讶地张大了嘴巴,随后像不认识吴桐一样,将他从头到脚打量了一番。

"他也做衣服。"陈晓薇补充了一句。

"我也是因为机缘巧合才有了这个想法。我是觉得,我要在这个城市生存,就要与大众建立联系,而衣服是每个人都不能缺少的东西,毕竟所谓'衣食住行',衣服排第一位。"吴桐不紧不慢地解释道。

"你想得不错啊。"徐逍龙恍然大悟,朝吴桐竖了竖大拇指。

"这是个合作共赢的时代,也是我们有梦就可以在一起追梦的好时代。"

吴桐特意强调了那个"好"字。

他觉得,这个好时代给了年轻人试错的机会,比起安稳,他更想追求自己真正热爱的,即使需要去冒险。

"你这哪里是什么路过我这儿,你简直就是来拯救我的啊!"徐逍龙转身接过陈晓薇递来的纸笔,"吴救世主,你看这样好不好,咱也别光口头协商,咱顺便把白纸黑字的协商草案拟定出来,再签字画押,一方面我是真缺引路人,另一方面……"

徐逍龙瞥了一眼陈晓薇。

"她一直想做她自己的事业,我知道。"吴桐笑着说。

"是,但她只天天妄想不行动。我不一样,我是有想法就有行动。"

"看着你俩都这样,一个跟着一个,前赴后继地在这赔钱,还想要我有什么行动?"陈晓薇冲着两人瞪起了眼睛。

徐逍龙没有回应她，而是满脸歉意地对吴桐说："你上次来，我就琢磨着，你肯定是有话要说。我当时也是有事，没来得及招待你。"

吴桐承认，那次的冷落确实让他受到了伤害，但如今"道龙时尚"已经到了这种境地，他已没有必要再去计较。

当初那个夜晚，吴桐独自饮酒、反思、回忆，想很多从前的事，想以后要走的路，接受现实的残酷，而那之后，仿佛所有的好事都接踵而来。曾经的失败和沮丧，反而让他确定了人生方向，虽然吴桐还处在城市的边缘地带，但他已在自己认定的道路上飞奔，并且坚定不移。

五

招兵买马。

当徐逍龙将门口的"外兑"改成"招兵买马"时，几人都开心地笑了。

这或许就是冥冥之中的安排，不早也不晚，在吴桐与徐逍龙都需要的时候，他们的合作便水到渠成了。

"吴桐，我终于知道你能在这儿扛了将近三年，最后还是放弃的真正原因了。"分别时，徐逍龙有些激动地对吴桐说。

"啥意思？"吴桐不解。

"这线下和线上的销售，还真是各有各的道，最重要的是，你不是在撤退，你是在激流中前进。"

"我是在逆行。"

"我也要逆行。"陈晓薇也插了进来。

"你顺行都不愿意,还想逆行?"两人笑着揶揄陈晓薇。

这样的氛围让吴桐对未来充满了期待。他相信,只要大家一起集思广益,一定能渡过难关。

时代的洪流始终在向前行进,不论前方等待他的是什么,他都能坦然面对。

回程的公交车已经不再拥挤,吴桐看向窗外,路上的行人也不再如清早那般匆匆忙忙。他瞬间明白了自己为什么如此热爱服装设计,它与人们的生活那么贴近,看似平凡,却总能给人带来不同的感受。就如早饭、午饭、晚饭,不过是些司空见惯的食物,但每一次都会对它们心怀期待。

设计服装的同时,又何尝不是在设计自己的人生。吴桐的人生虽然跌跌撞撞,不过是时间洪流中的一朵浪花,但他仍然会为自己奔向何方而满怀希冀。

一如四季,周而复始,循环不息。

六

吴桐决定在回西迟的路上,去一趟看房那天经过的咖啡屋。不仅仅是想将自己复杂的心绪捋捋清楚,还因为他需要这种方式,来帮助自己思考和找到创作的灵感。

比如刚刚那些设想,吴桐想知道,可行度究竟有多大,他不想做没有把握的事。如果一切都可以按照想法实行,待度过瓶颈期,自己又要怎样调整新的方向。

咖啡屋虽然地处西迟这个偏僻的地方，但在风格上却和市中心那些高档咖啡厅没有什么区别。

吴桐选了一个背靠木格花架的位置，一个人静静地坐了下来。

咖啡端上来，吴桐喝了一大口。咖啡的微苦在舌尖蔓延，正如一株纤细的藤蔓在篱架上舒展开来。这使吴桐又联想到了柔软的、纯正的橄榄绿锦缎。

一件宽袖圆襟的短衫，颈项处配上一条长长的琉璃珠链，几颗雪白的珍珠在胸襟的末端作为点缀，纯净中又不乏生机，清新中又带着些天真。

吴桐想到了虞美儿。

这不是他第一次在构思时想起虞美儿了。他不知为什么，每当自己把想法具象化时，脑海中总会浮现虞美儿的面庞。

这不对劲儿。

吴桐不由自主地拿起了电话，拨通了虞美儿的号码。

"虞美儿，我在外面喝咖啡呢，突然间……我在想，我以前设计的衣服在颜色上好像太极端了，无论是热烈的还是平和的，我都觉得应该在色彩上进行一些调整，或许绿色更贴近生活，你觉得呢？"

吴桐语无伦次地说了一堆想法，可虞美儿却在电话里说，车上杂音太大，听不太清楚。无奈两人只好把电话挂断。

吴桐放下电话后又觉得，刚刚那些话，虞美儿没听清反而更好。

绿色的提花锦料——吴桐喝了一口咖啡，嘟哝了一句。这个料子虞美儿家没有，他自己也没买，或许夏沐兮房间的木箱里有。

吴桐想起当初隔着门缝看到的墙上的那一幅半身照，打开门后才知道，那是夏沐兮年轻时的照片。那照片上的人和虞美儿一样，有着长而顺滑的头发，带着黑色独有的神秘和高贵，让人不得不感叹，有一种说不清道不明的，有如时光的味道。

若干年后，虞美儿到了夏沐兮那个年纪，也会像照片中的夏沐兮一样，恬静地站在阳光下，乌黑的发丝间插着一支实木发簪，发簪上一朵浅粉色的玉质小花和几片浅绿色叶片点缀，一侧的耳垂悬挂着银链耳环，犹如春天绿柳下的一只悠然自得的白鹅。

想到这里，吴桐得出了一个结论，那便是色彩在服装中，有着举足轻重的位置。只有色彩，才能给人感官上最直接的冲击。

那张照片之所以给吴桐留下了深刻的印象，不仅仅因为是夏沐兮的照片，更是因为服装。那件黑丝绒旗袍的透明薄纱上，有一朵若隐若现的刺绣玫瑰，在静谧安然中绽放出璀璨的艳丽。

吴桐又看了一眼木架，侧面挂着几束鹅黄色谷穗，这使他不禁想象出同一种颜色的长衫。

是适合男士穿的长衫。

长衫的开襟下摆处，有几缕不易发现的手工流苏。对襟处的鹅黄色边沿，装饰有一朵又一朵刺绣的云朵，象征着绝处逢生的希望。

这希望不是昙花一现，而是跟着那件长衫一起，一直向未来蔓延。

吴桐又喝了一口咖啡。香泉咖啡里加入了柠檬、红枣，使得它既有咖啡的焦香，又有花果的清香。

另一杯咖啡名为琥珀光，透明的杯子里，可以看见一片淡粉色的草莓在黑色的咖啡中若隐若现，闻一闻，醇香中又带着一丝清甜。

"推荐你的这几款咖啡，是通过自然光日晒后，用浅烘焙的工艺制作出来的。"店家亲切地向吴桐介绍。

此刻的吴桐犹如醍醐灌顶——即使是咖啡的苦，也并不是只有一种。就像同一种色系，因为明暗深浅的不同，也会千差万别。

由此可见，要想了解这个世界，除了要辨别颜色，还要体验不同程度的苦的滋味。而吴桐更偏向于深度烘焙的苦，只有那样的苦涩，才更能让人无法忘怀。体验过那样的苦，再去体验微苦，便也觉得不苦了。

今天的头脑风暴结束了。

吴桐将杯子里的咖啡全部喝掉后，起身离开了。

七

傍晚，吴桐坐到木桌前深吸了一口气，他要保持一个好状态，因为这晚注定会是个不眠之夜。

窗外，那只时常与卡卡玩乐的喜鹊又开始在树上跳来跳去，将一些长短不一的小木棍叼到屋檐下，叽叽喳喳地忙碌着。吴桐听着这些细碎的声音，心情无比平静，他感到自己不是孤身一人，至少这个夜晚，他和喜鹊、卡卡是相互陪伴的。

笔尖划到纸面上的窸窣声，剪刀落到布匹上的"咔咔"声，以及缝纫机缝合布片时的劳作声……这些清脆的声音使得吴桐有节奏地、更加得心应手地完成每一个步骤。

吴桐将所有设计图归拢到一起，一页一页翻过来，像是在细数自己每一个废寝忘食的夜晚。这些设计图，与来西迟之前的那些设计不一样，它们寄托着一种以前从未有过的情感，这让吴桐不禁想起了在迪吧听到那首歌。

吴桐不自觉地到网上搜寻了歌曲名字的最后一个字——书。

书籍、书信、书簿、书画……

吴桐恍然觉得，那厚厚一沓用心勾画的设计图，俨然就是一本书。他情不自禁地在一张空白的纸上，写下那首喜欢的歌曲名称——《纸上书》。

看着这三个字，吴桐入了迷。思绪飞扬间，他好像看见了虞美儿穿着书里的衣服，合欢红色、橘黄色、云峰白色、烟波蓝色、绛紫色……全都附在最令他着迷的苔古锦缎、罗青薄纱上，配上虞美儿白皙的脖颈、纤细的腰身、轻盈的姿态，简直就是从敦煌壁画中走出来的仙女。

吴桐仿佛走入了人间仙境，连灵魂也得到了洗礼，他在沉醉中甘愿为这文明的传承倾尽全力。

天完全黑了。

漆黑的玻璃窗上，好像出现了另一个模糊的身影，她像童话故事里的公主，又像一朵盛开的百合花。

吴桐拿起笔，在雪白的纸上只寥寥的几笔，便将刚刚的想象完完全全地勾勒了出来。

一抹烟尘中，虞美儿身着长裙站在吴桐面前。吴桐在女孩腰际处用细针将褶皱的薄纱挑出十多根细细的丝线，让长长的镂空处瞬间显现出一种独有的风韵，干净利落、清爽纯洁。

谁能说，男人和女人一起，不是天然的和谐？

男人的雄健，如笔挺的西装；女人的娇小，如一袭仙气的长裙，两者相合，才能达到至臻至美的境界。

这样静谧的夜里，吴桐生了相思之情。也许只有这样的相思，才能赋予创作一层浪漫的色彩。

事实上，吴桐的许多个夜晚，都是在思念中度过的，不论是对虞美儿，还是爸爸妈妈。

吴桐期盼着有一天，能把县城的父母接进市里，让家人和自己一起分享成功的果实。到那时，他一定不会再无依无靠，每一天都将是极富烟火气和诗意的。

吴桐睡着了，闯进了梦乡。

梦到与苏杭狭路相逢，话不投机，甚至大打出手。梦到虞美儿为了苏杭埋怨自己。

醒来时，吴桐发现自己满身冷汗。

这个梦太真实了。梦里，苏杭与自己见到的没什么两样，宽宽的额头，浓密且有些许弯曲的头发，最重要的是，苏杭说话时语气和神态镇定而自信，和自己完全不同。

吴桐彻底清醒了。

这个梦使他产生了危机感，像是在提醒他不能再懈怠。想到这儿，吴桐立刻起身，准备以更好的面貌面对崭新的一天。

吴桐今天准备联络沟通各种资源，以设计图作为依据，说出自己最真实的想法。有证可查的，就将链接发给对方；没有照片截图说明的，就用自己诚挚的语言进行解释说明。

好在大家都是老相识，只几句必要的解释和翔实的描述，便像吴桐所期望的那样，很快达成了共识。

吴桐在"梧桐服装"时经常拿货的服装厂，说眼下手里大单没有，小活又起不到什么实效作用，因此正在寻求新的项目。正巧碰上吴桐拿着拟定意向书拜访，于是双方便达成了合作。但是，合作有条件。

或资金投入，或参股分配。

"没问题，我们可以用各自的资源，作为股份分配的保证，有了利益分成的红利，我们再按照各自协商的意向，按章办事，走协议流程。"吴桐回答得斩钉截铁。

徐逍龙知道了合作的具体条件后，也给出了肯定的回应。

事情进行得很顺利。吴桐高兴之余，将为虞美儿制作的两条长裙的设计图、用料取材、制作流程及上身效果图，以邮件的形式投稿给一场时装设计比赛。吴桐觉得，如果通向目的地的道路不只一条，那么不妨大胆地去尝试一下从前没走过的路。

待一切搞定之后，吴桐走到卡卡身边，陷入沉思。

吴桐很少有过这样的时刻，为着一种设想感到莫名的不安。难道，这就是人们所说的爱情？可人们都说爱情是双向奔赴的，而自己仅仅是一个人。

还好有卡卡能陪着他。

"卡卡。"

卡卡听了，条件反射地摇了摇尾巴。

"卡卡。"

吴桐又轻轻地喊了一声，然后摸了摸卡卡的头。

卡卡开心地吃完狗粮，等着吴桐领它出门。吴桐看着卡卡一天天变大的身体，想起自己来这里也有不少时日了。

他已经从畏缩、不自信变得成熟稳健。

可他心中的那个人一直没有变过。

也许，这便是爱情吧。

吴桐忽然觉得"爱情"这两个字是那么美好,这使他产生了一种奢望,希望在自己的生命中,那个叫虞美儿的女孩,能够一直都在。

八

"卡卡,咱们这就出发。"

吴桐不愿再想下去了。

无论如何,在没有付出行动之前,这些都只不过是空想罢了。他更希望自己不要这般纸上谈兵。

九

吴桐领着卡卡走出街巷,沿着水塘边沿的弯曲小路,在深秋与初冬交会的这个季节,看露水和清风相互纠缠,看四处飘落的树叶,在进行一场盛大的告别。

吴桐在一大片芦苇前停下了脚步,他看到很多芒穗上挂着透明的小水珠,风吹来的那一刻,水珠一个跟着一个向下滑落。

竟不知何时下了雨。

吴桐只觉得,凛冽的寒风中总带着些无可奈何,仿佛是秋天对自己短暂生命的不甘和留恋。

> 曾经的繁华,
> 　都已成过去时的秋冬春夏。
> 　都是渐行渐远的天涯,

都是一幅又一幅再也无法鲜活的旧画。

在吴桐的静默中，这些字句浮现在他的脑海里，让他觉得自己感物伤怀的状态，分明就是在恋爱。

落英融进尘泥，
无形无香无痕。
即便有星星点点的灵魂，
也嬗变不成飞天的祥云。
即便念奴娇时，
也难逃无话可说的尴尬。
都铺纸泼墨，
也难于走笔写书法，
即便是两人一马，
也不过是暂时的佳话。

这样唯美的诗句朝着吴桐的内心深处奔涌而来，还牵引出一些奇妙的感受，比如快乐、轻松、幸福。

吴桐折下几支枯黄的芦苇，这种植物象征着坚韧又自卑的爱。他相信，这一定能为他的创作提供灵感。

看美丽的芦花，
满眼的纯白无瑕。
夕阳落尽，

静待朝霞。
　　如鹊桥仙里的牛郎织女家，
　　只一尊难续的粗酒，
　　和着天天捧饮的两杯清茶，
　　从青丝喝到白发。

　　这是一首爱情诗。每一字每一句，都是吴桐的心声。吴桐觉得自己在爱情面前，已然由裁缝转变为一位诗人。
　　吴桐将那支芦苇轻轻举起，透过芦苇的细穗看光影斑驳。
　　人间再美，也美不过爱情。
　　一别天下，只为一支蒹葭。

十

　　吴桐决定去芋头家拜访。
　　一方面是为了放松一下紧绷的神经，另一方面，吴桐觉得，好像每次和芋头在一起，都能让自己有所获得。这使得吴桐对芋头无形中产生了一种探寻式的依赖。
　　这次，吴桐没像从前那样走出自家的院子，再进入芋头家的门，而是模仿芋头，翻过两家院子中央的矮墙，直接跳进芋头家的院里，这样既可以引起芋头的注意，也可以省掉不必要的麻烦。
　　芋头蹲在院墙处干活，听到身后有响动，便回头张望，见是吴桐，也没有打招呼，而是重新扭过头继续干活。
　　"我是跳过来的。"吴桐尴尬地走到芋头身边。

"知道。"

芋头表现得波澜不惊，明明吴桐是第一次翻墙，他却好像已经习以为常了一般。

"我十三岁时开始学木雕，后来还学了竹雕、石雕，也有一些核雕。人们总说学习要趁早，虽然我确实晚了很多，但是没想到，我这一学，就是一辈子。"

吴桐这才发现，芋头正在镂空一块圆形的木雕，是在雕刻好的木材上画线条，进行再加工。

那个水塘？

那座火车每天行驶的高架桥？

那片如果不是阴天，就会飘浮着朵朵白云的天空？

还有那条弯曲的小路上，与小狗一起奔跑的青年。吴桐恍然间觉得，那画面上的，分明就是自己与卡卡每天出去时的情景。

吴桐想到了元代张养浩《朝天曲》中的那一句：农父渔翁，贪营活计，不知他在图画里……

芋头视野里的自己与卡卡，又何尝不是如此。

芋头把吴桐的反应看在眼里，却没有对此做出回应。

"一会儿我让你看看我昨天刻的叶雕，非常有特点。"

芋头起身示意吴桐随他进屋，然后拿起他所说的叶雕："等我处理好了树叶防腐这个问题，我就开始刻这个系列。"

芋头又转过身，拿过一本厚重的纸板册放到吴桐的手里："我收集了很多树叶，有的咱这里没有，是跟外地同学要的。"

吴桐接过纸板册，小心地翻看里面的树叶，纸张的书墨香气伴随着植物的清香瞬间弥漫开来，让人不禁想到隐居山林的文人墨客。

生命的碰撞，或许就是这样。

"对你有启发？"

"有启发，非常有启发。"吴桐缓过神儿来，忙不迭地回答。

"送你个礼物。"

芋头从柜子的抽屉里，拿出一个枣核刻成的手串，放到吴桐的手里。

"戴上，看合不合适。"

"我……"

手串在吴桐手里感觉沉甸甸的。他本想说无功不受禄，但见这手串不染一丝尘埃，还带着他熟悉的清幽木香，便不舍得拒绝了。

"都是用你院里那棵枣树上的枣核儿刻的。"

芋头脸上灿烂的笑容，让吴桐觉得，他和芋头不是刚刚认识的邻居，而是相识已久的知音或挚友。

"这么贵重的礼物，我得好好收下了。"

吴桐将手串戴到了自己的手腕上。

"让你看看。"

芋头将自己的衣袖挽起，芋头的手腕上，也有一串枣核刻的手串。

"像不像一对？"芋头开玩笑道。

"一棵树上的枣核，不只是一对，原本就是一家。"

"管它是一家还是一对，喜欢就行，反正我是喜欢得不得了。"笑容再次出现在芋头脸上。

吴桐发现，芋头笑的时候像孩子一样天真。他也曾这么笑过，在虞美儿面前。

用笑来掩饰害羞。

但吴桐心里清楚,自己最想展示给对方的,既不是笑容,也不是羞涩,而是自己真实的内心。

十一

吴桐离开芋头家,没再像去时那样跳过矮墙,而是从芋头家的大门出来,顺着两家的院墙外围,走到他的院门口。

他推门走进院里,然后站到了那棵枣树下。

树上,已没有了红枣。

干枯的树枝在风中不停摇曳,像在复述吴桐第一次走进这个院门的点滴过往。那个时候,树上还挂着串串风铃般的红枣;那个时候,还没有芋头铺的"向日葵"小路;那个时候,吴桐还没有像现在这样,对未来如此坚定;那个时候,吴桐也不会时不时地想起虞美儿。

原来,爱情真的可以像种子一样,在人毫无察觉的情况下,一点一点地根植于一个人的内心。待发现时,那一粒种子已经不声不响地生了根,发了芽。

吴桐手上的小物件虽然与虞美儿没有关系,但是吴桐的内心,却因为它无意中推开了一扇窗。

这是一个新奇的世界。

吴桐觉得,自己不是在走向那个世界,而是已经置身于那个世界。

十二

下雪了。

不是初冬的第一场雪，而是秋末的第一场雪。

一片片雪花拍打在玻璃窗上，发出细微的声响。吴桐站在窗台边，看到院落里稀稀疏疏的雪堆，在阳光下闪着光亮。

看着这样美好的景象，吴桐却觉得莫名的心痛和委屈。

前一天的场景，浮现在了眼前。

所有参与人员在这一天急匆匆地聚到了一起。

"这么低级的错误。"徐逍龙的声音打破了沉默。

吴桐没有说话，也许徐逍龙不一定是特意说给他听的，但他清楚，这个失误自己根本脱不了干系。

原本，吴桐设计的系列服装，在制作成本低廉的情况下，兼顾了美观和实用，若是在市场上流通，将会得到不小的一笔收益。但是谁又能想到，第一个流程的运作便出师不利，虽然没有太大的损失，却也打击了参与者的信心。

通过面对面的方式进行沟通交流，已经是当下最好的选择。只是作为这个团队的领头羊，吴桐自然会觉得有愧于大家。

"都别这么沮丧了，极端天气造成的，还持续了这么久，谁能料想这天气，毛衣、毛裤还没穿呢，就直接穿羽绒服了。"陈晓薇看不下去，带头解了围。

"如果直接上冬装？即便当时能想到，也不一定能那么做，毕竟错过一个季节，可就要再等一年，压货谁能受得了。"

适合深秋穿的长裙、风衣、披肩，确实已经不适合当下的天气了。

"明年春天就都能卖出去了。"虞美儿一边安慰大家,一边观察着每个人的情绪。

"要我说,这是第一次,也必须是最后一次,不然被饿死的,就不是某个人,而是我们所有人。"服装厂的潘经理脸上没有过多表情,语气也是冷冰冰的,大家都能看出他的愤愤不平。

"是,我们都在一艘大船上。"吴桐用低低的声音说。

吴桐恨自己不能预知未来,也恨自己没有在秋天结束之前将衣服做出来。付出得不到回报,或者说这个回报还需要等待,这样的结果让他很挫败。

"希望明年的春天,别没等卖这些服装,就直接进入了夏天。"陈晓薇苦着个脸埋怨道。

徐逍龙像是忍无可忍了一般,突然站起身对陈晓薇说:"明天你别来上班了。"

说完后,徐逍龙黑着脸离开了,陈晓薇见了,急忙追了出去。

"明天上午,服装厂有来检查的,我也先撤了。"

潘经理将酒杯里的酒只喝了一半,便也起身离开了。

吴桐和虞美儿心照不宣地望向对方,好像都有话要说,又好像不知该从何说起。

吴桐有些后悔喊虞美儿过来,本是希望虞美儿的参与,能缓解一下席间可能会出现的不愉快,没想到却让她看了笑话。

"我终于在失败的路上,又迈出了一大步。"

吴桐本来对这次合作是胸有成竹的,拿出去的也几乎是银行卡里所有的钱,可现在,他却连县城的家也回不去了。吴桐不用设想就能知道,如果回家被父母知道了,他们一定会对自己很失望。不仅没有赚到钱，连从家里拿出去的钱也赔了出去，自己做的这一切好像都是徒劳无功的。

"其实，我觉得现在就说失败，还为时过早，"虞美儿认真地注视着吴桐，"服装不像食品，它没有保质期，你的设计也不至于过时，即便错过了这一年的好时机，但这春夏秋冬有轮回呀，即便没有轮回，也没到世界末日，对不对？"

这些道理吴桐本来也明白，但好像从虞美儿的嘴里说出来，他的心情就真的好了一些。

"我这一阵儿走背运，我用给你做的那两条长裙参加了一场设计比赛，本来我觉得选上没问题，可就在我们来酒店的路上，我收到了组委会的通知。"

"没选上？"虞美儿神情惊异。

"是。"

虞美儿听到，反而笑了出来。

"你笑啥？"

"以前我就听人说，人不走运的时候喝凉水都塞牙，你现在这个状态，算不算？"

"当然算，但是……"

吴桐本想反驳，却恍然觉得，这一连串的事情像是命运故意为之，就像他当初在纠结是否要离开这座城市时与虞美儿的相识一样。而眼下他遇到的这些挫折，或许并不是真正意义上的失败。

是生意，便会有输赢。

是比赛，就会有人胜出，有人退出。

虞美儿见吴桐陷入了沉思，以为他还没从悲伤中走出来，因此只是在旁边关切地望着他。

"我又有了新的想法。"吴桐突然开口。

"什么想法?"虞美儿看上去很激动,"该不是还想投资?还要找人合作?还要参赛?"

好像在得到肯定的答案后,她便会毅然决然地阻拦。

"都不是,"吴桐摇头,"我在想,我继续做我要做的衣服,这一次的创意,会在原来的基础上加入新元素,并且重新考虑各种材质的关联性,色彩的面积大小等,太多的细节,我都要重新设计。我觉得,我不能让自己总局限于只当一个好裁缝,我要争取成为一个真正意义上的工匠。"

"工匠?"虞美儿瞪大了眼睛,

"对,做一个真正的工匠。"

吴桐觉得他不再需要外界的评判来自我肯定,毕竟大多数人只能看到一件事的结果,而过程如何,只有自己知道。比如作品没有被选上,吴桐不认为这代表失败。

吴桐此时感到豁然开朗,望着眼前美丽的女孩,他的脑海中又掠过一些灵感。

虞美儿穿着高贵典雅的长裙,在花丛间翩翩起舞,然后乘着一叶小舟,任由透明的水波将她送往远方……

"好美。"

吴桐嘟哝了一句,自顾自地笑了出来。

"又想出漂亮的衣服来了?"虞美儿歪着头看向吴桐。

"是的,我又想出了很多适合你穿的漂亮衣服。"

"谢谢你。"虞美儿轻声说道。

看着虞美儿温柔的面庞,吴桐觉得自己的付出都有了意义。如果可以的话,他想一辈子为她设计衣服。

虞美儿知道吴桐在注视自己,立刻站起身来掩饰发红的脸颊。

"我们也走吧,别耽误了你的好创意。"

十三

"这几朵小花可真好看。"

离开酒店时,吴桐才想自己来时特意给虞美儿准备的围巾。苔古色的染色棉麻,两边底摆的镂空处有几朵缝制的米色花朵,简约中不失优雅。

看着虞美儿愉快地将围巾戴上,吴桐笑着夸赞:"确实好看。"

吴桐渐渐出了神,他感到围巾的苔古底色上,一缕缕孔雀蓝丝线绕成了一弯弯月牙,像是悬在吴桐心里的秘密,既无法踏实地落下,也没有勇气说出口。

直到他们分别的最后一刻,两人都没有再说过话。

吴桐回到住处,站在窗前,看雪花逐渐落满他的院子。

他摸了摸自己的脸颊,凉凉的,不知何时竟落下了眼泪。

眼泪是珍贵的陪伴,它奔涌而出的那一刻,好像一切的失意都成了过去式。

"卡卡,今天咱俩来一场长跑比赛。"

吴桐牵着卡卡冲出了院子,然后顺着老宅之间的过道,来到他们常去的那条郊外小路。

吴桐任由雪花落在他的肩膀上、头上,还有那条未干的泪痕上。

"下雪了,卡卡,很好看吧?"

卡卡似乎格外兴奋。

吴桐停下脚步,伸出手去接飘落的雪花。雪花亮晶晶的,像一个个白色的精灵,跳进他手心的一瞬间便融化了。

吴桐向四周望去,水面上、芦苇上、树枝上,都覆盖了一层薄薄的雪,像是铺了一张白色的绒毯。这里没有冬天的萧瑟,反而显得静谧又美好。

十四

回去之后,吴桐径直走进夏沐兮的房间,打开灯,一步一步地走到床边,拉出了床底的红木箱子。

他觉得里面一定有什么在等待自己去揭开。

红木箱没有锁,箱盖上落了一层浮灰,吴桐轻轻地吹了吹,灰尘在空气中飘散开来。

箱子打开了,最上面是一个用油纸和宣纸包了好几层的包裹。吴桐小心翼翼地,一层一层地打开——

是一件旗袍!

吴桐很意外。

他轻轻将旗袍拿起来,暗红色的布料,手工缝制,前胸、衣领和袖口处,都有刺绣的朱红色玫瑰花瓣。看起来旗袍的制作年代很久远,尤其面料上的一些图案,已经不太符合当下的潮流。

比如,如意草。

比如,鸳鸯扣。

比如，成串的榆叶梅。

这些图案寓意很美好，搭配在一起很和谐，衣服的整体做工也很精细，尤其是旗袍上绣花的走线，完全可以看出制作者的用心。层层叠叠的包裹，也能感受到收藏者的珍惜和爱护。

吴桐仔细地看了看，旗袍前襟不同材质的搭配和领口的细丝线，是在传统美学上进行的创新。对他人来说，这旗袍或许只是一件好布料做出来的衣服，仅仅是好看而已，但对于吴桐来说却意义非凡。作为一个设计者和制作者，他还是第一次见到做工如此精良的手工制品。

"鬼斧神工"四个字，怎会在一件衣服上体现得如此淋漓尽致。制作者仅仅用布料和针线，就将伟大的传统工艺完美地展现在世人面前。

吴桐回忆起了自己第一次对服装设计产生热爱的瞬间。

他的眼眶湿润了，在一件衣服面前。

十几分钟的沉默后，吴桐小心地将旗袍叠好，重新放回木箱里。事实上箱子里还有一些别的布料和衣服，但吴桐不想再继续看下去了。

他将箱子盖上，像进行一场告别，对某一段故事和情感的告别。

十五

初冬的第一场雪，窗外已是白茫茫的一片。

"吴桐，告诉你一个好消息……"

一大早，虞美儿就给吴桐打来了电话。

在电话里,虞美儿告诉吴桐,她通过杂志的网络平台为那些积压的衣服发了广告,并且收到了某贴牌经销商的电话,经销商非常看好吴桐的设计,说如果吴桐能跟他们达成长期合作,就可以无偿加入他们旗下的品牌。

"他们还说,如果这边能同意,可以特聘你为服装设计师,到他们公司兼任创意顾问。"

自始至终,都是虞美儿在滔滔不绝,吴桐没有开口说过一句话。

"你怎么了?"虞美儿焦急地问道,"多好的机会呀?你怎么还不说话了?"

"你说咋办就咋办。"吴桐突然这样回复道。

"我说咋办就咋办?"

"对。"

吴桐此时心情很复杂,他不知该为虞美儿如此为自己着想而感动,还是该为这突如其来的机遇而兴奋。

"你是我说咋办就咋办?"虞美儿依然不解地追问。

"是的。"

吴桐只觉得,虞美儿是自己前行路上的指路明灯,让他想信任、依赖。

他想跟这个女孩一起,在新的起点上重新出发。

十六

"喂,您是吴桐本人吧?"

吴桐接到了一个陌生号码打来的电话。

"关于设计比赛，我们组委会要跟您确认一下。"

"最初，您的作品确实没有入选，但当我们组委会对入选作品进行核实确认时，发现有两位参赛者的作品有抄袭嫌疑，违反了比赛的规定，因此不能入选。"

毕竟违规者给组委会的工作带来了麻烦，因此对方的语气中明显带了些气愤。

"其实，您的作品一开始也确实被我们忽略了，但后来……"

"后来怎么了？"

"一位比较知名的评审专家，看中了您的作品，还指出了您作品的亮点……"

吴桐只觉得呼吸一滞，极力压制住内心的激动，用平和的语气与那位负责人确认了信息。挂断电话后，吴桐还没有从这突如其来的惊喜中缓过来。

直到傍晚，吴桐才想起，自己应当请朋友和合作伙伴吃个饭。一来是为了庆祝自己顺利入选，二来是要感谢他们的支持。

当然，这其中最重要的人，一定是虞美儿。

十七

连下了几天雪，天空终于放晴了。

院子里是单一的白色。成片的羽毛草不再随风摇摆，有的垂着脑袋，有的已经被白雪完全覆盖。即使在阳光的照耀下，它们看起来依然没有任何生机。这让吴桐不禁怀疑，到了明年春天，它们还会不会苏醒过来。

"来，天冷，大家先干一杯！"

所有人的脸上都洋溢着笑容，尤其是潘经理，调动了整个屋子的热烈气氛。几杯酒下肚，大家已经感觉不到冬天的寒冷了。

"还是烈酒喝了舒服！"潘经理心满意足地放下酒杯。

"吴桐，这结果确实不错，我们就应该有一股不服输的劲头。"

徐逍龙乐呵呵地朝吴桐竖起了大拇指，仿佛已经忘记那天是谁带头将气氛搞僵了。

吴桐和虞美儿面面相觑，没有接话。

"你今天咋不说话了呢？"徐逍龙又转头望向陈晓薇。

陈晓薇眨了眨眼睛："其实，我还真想说几句。"

所有人将目光投向陈晓薇。

"你们也都知道，现在已经是智能化的时代了，"陈晓薇接着说道，"我觉得吧，这就是咱们服装制造的发展方向。"

"你说啥？"徐逍龙刚喝到嘴里的一口水，差点儿喷出来，"我说，陈晓薇，你那双眼睛一天天的，只知道盯着好吃的，啥时候这么关心起咱服装行业的大方向了？"

"民以食为天，我不吃好我怎么思考？"陈晓薇冲着徐逍龙瞪了一眼。

虞美儿朝陈晓薇点了点头，示意她继续说。

"原来我们的服装制造，是你给我几分钟，我就能给你生产出几件、几十件同样的衣服，但现在，你们知道已经变成了什么样吗？"

陈晓薇用故弄玄虚的眼神看向每一个人。

"现在，是你给我几分钟，我就能给你生产出上百件不一样的服装。"

吴桐明白陈晓薇的意思,但对于在这个行业刚刚起步的他们来说,还是太过理想化了。他张了张嘴想说点什么,最后还是选择了沉默。

徐逍龙见状,转移了话题:"咱们喝酒吧!我是看出来了,这个圈子里人才济济。我相信在座的每一位,都能成为自己人生的设计师。"

"是的,每个人都是自己人生的设计师!"潘经理举起酒杯一饮而尽。

大家的情绪逐渐高涨起来,各自发表了自己的看法。

"这一次尝试虽然不太理想,但也只是一个开始,我们会越来越好的。"

"大不了,我们服装厂再多一些库存,只要有春夏秋冬的轮回,我们的衣服就不愁卖。"

"那是,服装有库存,才说明有实力。"

"从今往后,咱们同甘共苦,共克时艰……"

酒过三巡,潘经理和徐逍龙热情丝毫不减,从推杯换盏到推心置腹,从国际局势谈到家长里短。吴桐在一旁云里雾里,但见两人兴致正高,便只是默默看着。

突然,陈晓薇不知什么时候起身走近,将吴桐身边的徐逍龙拉了起来,然后自己坐下来。

"吴桐,这些信怎么会在你这儿?"

陈晓薇将一沓信拍到吴桐面前。

周围的人不知发生了什么,都不敢说话了。

"这是我的东西,怎么会在你这儿?"虞美儿打破了沉默。

陈晓薇转头看向虞美儿："是你的？"

虞美儿点了点头，随即又摇了摇头。

"你认识苏杭？"虞美儿恍然间明白了什么似的。

陈晓薇听了，目光黯淡了一些。

其他人见状，自觉地转过头，不再关注他们了。

"咱喝咱的。"潘经理示意徐逍龙继续喝酒。

"对，他们处理他们的，跟咱没关系。"

徐逍龙说完，坐到陈晓薇原来的位置，继续与潘经理把酒言欢。

"这些信是我捡的。"吴桐对陈晓薇说。

"是我丢的。"虞美儿望向吴桐，语气中带着不解。

"他捡的，你丢的？它们怎么会到你们的手里？"

陈晓薇突然站起身，充满敌意地望着虞美儿和吴桐。

"陈晓薇，你听我解释，原本这些信都在苏杭手里，当时还有吴桐，我们都在火车站，我帮苏杭拿这些信的时候，赶上我单位有事，我必须立刻离开，然后，这些信怎么就到了吴桐的手里，我也不太清楚。等我发现这些信丢了，我特意打电话问了苏杭，他说他也是替别人拿的，还说丢了就丢了，对方已经说不要了。"

"我又不是真不要了。"

陈晓薇说完，拿着信气呼呼地冲出了房间。

徐逍龙见了，不以为意道："不用管她，她就那个性格。"

"她性格我知道，但是……"吴桐发觉自己认识陈晓薇这么久了，却并没有真正了解她。

"真是的！一段好姻缘，差点儿被我的疏忽给搅散了。"虞美儿很是不安地说。

"只能说这个世界实在是太小了。"

吴桐说这话时,心里想的是,如果当初真的像虞美儿说的那样,将那些信丢掉,或许就不会有刚刚发生的这一幕了。

"那些信里都写了什么,你看没看过?"虞美儿略有所思地问道。

"没看,一个都没看。"吴桐毫不犹豫地摇了摇头。

他撒谎了。因为他深知,窥视别人的隐私是件可耻的事。

在虞美儿面前,他不愿暴露自己卑劣的一面。

十八

酒宴后,大家三三两两地离开了。

徐道龙在临走时,提到了中途离场的陈晓薇。

"她那个人,你根本不必替她担心,你们在一起工作那么长时间,你还不了解她?就算那些信真是她写给某个人的,就她那人,哪懂什么是爱情。"

吴桐不知道该如何回应,便只是点了点头。

他不知道陈晓薇为什么要用信件的方式表达爱意,也不知道她是怀着什么心情写下那些文字的。但他觉得,自己能感同身受。

晚上,吴桐又带着卡卡出门散步。夜里的寒风比白天更加凛冽,吴桐看着卡卡快乐奔跑的身影,感到一股莫名的失落。刚刚还是高朋满座,转眼又只剩自己一人,这样的落差一时让他有些难以接受。

相聚终有散。

吴桐不禁想到,他和虞美儿也会这样吗?

他终于意识到,自己为什么会对陈晓薇感同身受,因为他们都同样,无法将爱意说出来。

第六章 爱情的法眼

一

　　吴桐的设计作品入选后，又有幸获了奖。感谢命运眷顾的同时，吴桐也庆幸自己尽了全力。

　　他早早赶到展览会场，因为迫不及待想看到自己的作品被大众认可。

　　"哥！"

　　吴桐的肩膀被重重地拍了一巴掌。

　　"吴茉？"

　　吴桐简直不敢想象，一向腼腆且不爱打扮的堂妹，此时正穿着一条与季节不相称的A字裙，脚上穿着过膝的长筒靴，肩上背着色彩夸张的帆布包。

　　"没想到能在这儿见到我吧？"吴茉朝吴桐做了个鬼脸。

　　"不是一般的没想到。"

　　"我发朋友圈时屏蔽你了，想特意给你个惊喜。"

　　"是够惊喜的，"吴桐感觉自己像在梦里一样，"可是，你怎么能在这儿？"

　　"我怎么不能在这儿？"

　　吴桐觉得，他再这么问下去只会没完没了，于是干脆不说话了。

　　"一会儿我跟你走。"

吴茉上前挽住了吴桐的手臂。这让吴桐很惊讶，因为这是他这位妹妹第一次对他有这么亲昵的举动。

"哥，你不知道，我一看这里有服装展览，就觉得应该有你的作品，没想到，我还真看到你了。"

"我就是靠这两条裙子获奖的。"

吴桐指了指穿在假人模特身上的长裙。虽然能看出衣服的设计很精妙，但却没有穿在虞美儿身上的那种灵动之感。

"这回，我在城里可有靠山了。"吴茉笑嘻嘻地摇了摇吴桐的胳膊，"来的时候，我爸妈就说，去城里最首要的任务就是找到你。这下好了，不仅找到人，还赶上了服装展览。先让我拍几张照片给他们看看。"

吴茉跑到长裙前，一会儿拉一下模特的衣袖，一会儿牵起模特的裙摆，拍下了许多照片。吴桐看到这一幕，心中平添了几分得意和自豪。

"爸妈都跟我说了，如果我能找到你，我就是咱们家的功臣。"

吴茉拍完最后一张照片，蹦蹦跳跳地跑到吴桐面前，将两只手都搭在吴桐的手臂上，好像生怕这个哥哥会人间蒸发一样。

"我又不是跟你们断绝关系了，只不过是怕你们担心我，尤其是我爸妈，他们什么样你又不是不知道。"

吴桐心里突然就难过了起来，或许是因为他想起了自己对父母的亏欠。然而，他却不想因此有任何改变，父母的期盼总是与他的追求背道而驰，而他希望自己的人生能由自己来操控。

"伯伯他们也是为你好。"

"我明白。"

吴桐哪里会不知道父母的良苦用心，他们无非想让孩子过他们设想中的安稳的生活。但是吴桐做不到。即便他不能成就一番大事业，他也不想按照别人规划好的轨迹来过自己的人生。

吴桐对于妹妹敢独自来城里追梦还是挺诧异的。他自己经历过，才知道这个过程中会遇到多少困难。

"吴茉，你不知道城里的生活有多难，你也别以为我的作品能来参赛就有什么了不起，这些在城里根本就不算什么。"

"都来城里这么久了，还这么谦虚。"吴茉笑着打趣吴桐，"伯伯伯母说了，只要你没回家，就说明在外面还过得去，你要是回去了，那才是真混不下去了。"

吴桐有些惊讶父母会说这些话，他沉默了一会儿，还是想给妹妹一些提醒："总之，来城里打拼的人都不像表面上那样光鲜亮丽。等你在这儿待久了，你就会理解我说的这些话了。"

之后，吴桐带着吴茉一起去看展品。

走了一圈后，他们再次来到吴桐的作品前。看着自己的设计，吴桐比之前更加感慨。

"'橘颂''白露为霜'，这两条裙子的名字真好听。"

吴桐看到吴茉眼神里掩饰不住的快乐，心想如果她能看到裙子穿在虞美儿身上，一定会更加惊喜。

吴桐又想起了虞美儿。今天他也邀请了虞美儿跟他一起看展。

"怎么还没到？"

吴桐拿出手机拨通了虞美儿的电话。

电话里，虞美儿说自己已经到了，但因为临时有事，她必须马上离开。吴桐朝四周望了望，果然看到了不远处的虞美儿。

"虞美儿？来了怎么不告诉我一声？我还在想你怎么还没到。"

吴桐的语速很快，但语气里没有一丝埋怨。

虞美儿刚要开口，一个电话就打了进来。或许是因为事情太紧急，她连"再见"都没来得及说，就转身离开了。

"你们认识？"吴茉有些搞不清状况。

"她是我的房东。"

"这么年轻的房东？"

吴茉看着虞美儿的背影，喃喃道："我怎么觉得你这个房东有点儿怪呢？"

吴桐没有回答。

二

离开展览会，吴桐带吴茉去了自己住的老宅。他想留吴茉吃晚饭，吴茉却拒绝了，她说自己上班的那家广告公司，晚上有个聚餐，必须立马赶去。

吴茉走后，吴桐画了几页设计稿就洗漱上床了。夜色渐深，吴桐却怎么也睡不着。

他知道，是因为虞美儿。

吴桐拿起手机，打开与虞美儿之间的聊天对话框，可犹豫了许久也不知道该怎样开头。

他想起白天展览会上的场景，那时的虞美儿看起来并不如自己想象中那样开心。难道虞美儿不希望自己拿已经送给她的衣服参赛？可是，取衣服的时候，虞美儿明明还说自己做得对。吴桐呆呆地望着屋顶的白炽灯管,他感觉自己的心跳很快,而且是因不安而跳动。

灯光使他的视线模糊起来,他觉得自己的心事与那天花板的光晕渐渐融在了一起。

吴桐看了一眼窗外,什么都看不到,玻璃将所有的黑暗都阻隔在外面。今天本该是值得庆祝的日子,他却在这里黯然神伤。他只是想跟喜欢的女孩分享自己的喜悦,可连这个小小的愿望都实现不了。从虞美儿离开直到眼下这一刻,她甚至一个电话也没有打来,哪怕只有"祝贺"或是"晚安"两个字,也会给吴桐安慰,可是什么也没有。

吴桐强迫自己躺下睡觉,但是心里乱糟糟的,他只好起身站到窗前,对着窗外阴沉的夜色发呆。

吴桐走到木桌前,拿起晚饭后挥笔画下的几页设计草图。

他一边深思一边勾描,好像进入了一个自造的时空,用自己惯用的姿态挥毫泼墨,画出心中所想。直到窗外现出一丝微光,吴桐才发现,他竟然在自己用思维搭建起的精神殿堂里,徜徉了整整一夜。

这一夜,吴桐将之前构思的为虞美儿设计的系列服装,全部画了下来。有的设计图,只不过是简单的实线和虚线的组合,便将衣服的轮廓曲线完美地勾勒了出来。

吴桐反复地翻看一夜的成果,一种成就感将他昨天的阴霾一扫而空。

吃完早饭后,他愉快地哼着歌曲,悠然地在巷子里散步。直到感受到一丝困意,他才回到自己的房间,美美地睡了一觉。

三

睡梦中，吴桐依然在欣赏那些设计图。

那些图画，在吴桐的梦里更加鲜活，像是一个可以让吴桐置身其中的立体空间。空间里线条和图形交错，里面有一个发着光的模糊不清的东西。

那是一种叫爱情的情感。

原来心里藏着一个人，竟然是这样的感觉。无论走在哪儿，无论是清醒，还是在梦里，那个深藏心底的人都会时不时地出现。什么心里话都可以跟她说，而那个人自始至终都默默地倾听，从来不会厌烦。

爱意之花就这样开始绽放。

扫兴的是，吴桐即将醒来时，居然又梦到了苏杭。

这一次，他与苏杭不是一见面就大打出手，而是互不相识般擦肩而过。

四

吴桐醒来后，发现已经是中午了。

阳光柔柔地洒落在院子里，为所有物件镀上了一层金黄色。

"早上我看你没起来，就顺便给卡卡弄了点吃的。"吴桐给卡卡喂狗粮时，芋头站在自家院里对吴桐说。

还没等吴桐说句谢谢，芋头已经转身回屋了。

吴桐拿出手机，觉得有必要给虞美儿发条信息，告诉她自己已经拿回了获奖证书和奖品,包括那两条裙子,可以再约定个时间,将裙子物归原主。然而几条信息发出后,虞美儿一个都没回复。

吴桐有些郁闷,不知虞美儿为什么对这件事的态度如此冷淡。

吴桐给虞美儿打了电话,一直无人接听。但当吴桐挂断电话不久,却惊讶地发现虞美儿发了动态。是一组照片,有工作的,有逛街的,有美食的,也有街头随拍的。

吴桐感到莫名的慌张。既然发了动态,那就说明虞美儿肯定看到了他的短信和电话,可为什么一个都不回呢?他难过得什么事都干不下去了。

这种不安的感觉,吴桐在这个城市里已经经历过太多次。而这一次,是他为自己一厢情愿的热情付出的代价。

他不知虞美儿对自己究竟是什么感觉,但是两人之间的事一次次地脱离他的掌控,使他感到有些疲惫。

五

吴桐抬头看了看身边的枣树,干枯的树干摇摇欲坠,好像下一秒就会被寒风折断。

时间过得可真快。吴桐刚刚住进来时,树上还满是灯笼般的红枣。现在那些景致仿佛都变成了上辈子的记忆。

待来年春暖花开,这树上又会有怎样的景象?或许会看到花瓣挤满枝头,微风吹来,阵阵浓郁的花香四处飘散,应该还会有蜜蜂和蝴蝶在花间飞舞。

吴桐冲着卡卡吹了几声响亮的口哨,卡卡立马飞奔着来到他身边。

吴桐牵着卡卡朝门外走去。

途径芋头家时,吴桐发现芋头院子的门廊上,已经挂起了一对大红灯笼。

他又朝四周望了望,发现街上的装饰灯,不知何时也被换成了圆圆的灯笼,还装饰着一些中国结。吴桐这才意识到,马上要过年了。人们总是喜欢用这些喜庆的装饰,来乞求新的一年能万事如意,但遗憾的是,即使过了一年,那些烦恼、困难依然会如影随形。年节不过是给这些平凡人一些念想,在狼狈时想着"明年会更好",也许就能擦擦伤口往前多走几步。

不知不觉间,吴桐和卡卡再次来到了土坡。这时的土坡,在背光的暗影里犹如一尊巨大的石像。

吴桐和卡卡,快步爬上土坡的最高点,那里似乎能够俯瞰整个西迟。

"咱俩在这儿好好地看看风景。"吴桐对卡卡说。

卡卡好像听懂了吴桐的话,踱步到他的脚边。

吴桐决定今年回家过年。

离开家已整整三年了,该回去了。

与三年前相比,吴桐成长了许多。他比刚来这座城市的时候更清醒,更理智,更勇敢,内心也越来越强大。

吴桐不知道,这算不算一种成功。

他觉得,自己需要把获奖作品连同着荣誉证书,在还给虞美儿之前拿给爸妈看看。他们虽然嘴上埋怨自己离家来到大城市闯荡,但从没有吝啬过物质上的给予,因此自己能取得这样的成绩,也有他们的功劳。

至于虞美儿，这个随时都被他惦念着的女孩，她与自己的关系，或许一时间无法明了。

吴桐也不再纠结，等明年春天他重新回到这片土地，再慢慢梳理这份感情。

六

吴桐决定在回家之前将卡卡托付给芋头。不仅因为芋头对卡卡很关照，而且因为相对于虞美儿和夏沐兮，芋头也有更多的时间去陪伴卡卡。

听了吴桐的嘱托之后，芋头没有说话，而是默默点了一支烟。

"你爱抽烟？"吴桐以为芋头不情愿，于是尴尬地没话找话。

点燃的烟头在芋头的指间或明或暗。芋头像是在沉思，半天之后才开口。

"你想得对，做得也对，春节前确实应该先回家看看父母。"芋头轻轻吸了一口烟，然后用十分平和的语气对吴桐说。

吴桐听了，心里既惊讶又温暖，难得自己能得到这位邻居的认可。在这之前，吴桐一直在是否回家的问题上犹豫不决。

"我不过是回去看看，住一两天就回来。我觉得卡卡肯定愿意跟你在一起。"吴桐后面那句话有意加重了语气。

"难得呀，"芋头一边说一边吐出一口烟，"难得你有一份孝心，这才是身为儿女最重要的事，也是父母能得到的最大福报。"

烟雾在中间将两人隔绝开来，一瞬间又被门外来的一缕风吹散。

"难得，还给我拿了一瓶酒。"芋头笑嘻嘻地接过吴桐递来的酒，前前后后地瞅了个遍。

"你爱喝这酒?"

这酒是吴桐特意在街口买的。看到芋头拿着酒瓶视若珍宝,吴桐就知道托付卡卡这件事应当是成了。

"反正你也不差几杯酒的工夫,咱俩喝点儿酒,唠唠嗑,交流交流。"芋头说完,起身到门后的柜子里拿出几包牛肉干、鱼柳、五香花生米,还有吴桐最爱吃的醋泡山椒鸡脚。

"我认为,冬天最适合喝酒,人在冬天喝了酒之后,就会觉得这个世界不冷,不寂寞,甚至,还比之前可爱。"

芋头越说越兴奋,吴桐的情绪也不自觉地被带动起来。

"要我说,艺术嘛,很难给它下一个准确的定义,我个人觉得,能让你见到的那一瞬间为之心动,并且终生不忘,那它就是好的艺术。"芋头停顿了一会儿,又补充了一句,"人的灵魂主要靠引领。为什么有的人走着走着就动力不足了?那是因为灵魂没能到达一个高度,人的潜能是巨大的。"

几杯酒之后,芋头已经明显有了醉意,但一点也没耽误他发表长篇大论。

"无论是一件衣服,还是一块木刻,只要能让人想要拥有它,那么它的存在就是有意义的,它就可以被称为艺术。"

芋头意犹未尽地举起酒杯,示意吴桐喝酒。

"来,我们两个艺术家干杯。"

芋头说完,也没在意吴桐的反应,而是自顾自地将自己酒杯里的酒一饮而尽。

吴桐觉得芋头的样子有些好笑,于是也模仿着将酒一饮而尽。

酒顺着喉咙将火辣辣的感觉传遍全身，苦涩的味道还停留在舌尖，而他的身体已经燥热了起来，脑袋也晕乎乎的。

虽然吴桐不太爱喝酒，但他很享受和朋友一边喝酒一边谈天说地的感觉。

"这酒喝得痛快。"芋头说着，又将自己酒杯里的酒满上，"这酒，我没少喝，但哪一次，都没有这次喝得这么开心。我这人，你不知道，我不轻易喝酒，更不怎么抽烟，但是总有那么些时候，就是特别想喝酒，也想抽烟。"

吴桐点头回复道："我也是，但我不抽烟，只偶尔喝酒。我只要是喝酒了，就说明我不是太高兴了，就是太伤心了，反正，只有那样的时候，才会觉得喝酒痛快。"

"这话说得好。人，其实一点儿都不复杂，不过是各有各的路要走，没那么多精力去研究别人。我一个人住这么一个荒郊野岭的地方，远离城市，远离人群，可是一点也不觉得寂寞。"

"我也一样。"吴桐笑着赞同。

"你也看见了，我守着我的这些宝贝，虽说不上是人间天堂，但我也自得其乐，这就够了，你说对吧？"芋头突然笑眯眯地问吴桐。

吴桐发现，芋头笑的时候，眼里闪着炽热的光芒。可以想象，芋头年轻时一定是个意气风发的青年。

吴桐又仔细瞧了瞧，发现芋头的皮肤虽然不算白皙，但眉眼俊朗，鼻梁也高挺，他猜测芋头的桃花运一定不差。可吴桐不好意思询问，他觉得芋头这样的人，应当不太可能会沉溺在爱情之中，因为他对于雕刻太过执着了，执着到没有时间去爱别人。

"很多人，虽然也有信仰，但大多没有毅力，不肯坚持，一不遂心意便怨气冲天。那些人确实是活着，但是精神早就消失了。"芋头突然变得语重心长起来，说话时又显得心事重重。

吴桐心想，芋头的人生里，一定有过一段刻骨铭心的经历。

"这三年里，我无数次想过回家，又无数次打消这个念头。现在的我一无所有，没有底气面对他们，我也不想让他们难过。"提到父母，吴桐不由得鼻酸了。

虽然气氛低沉了下来，但吴桐很庆幸在这里还有芋头这样的朋友，能跟自己互诉衷肠。

"小子，等你回来，我给你接风洗尘。"芋头拍了拍吴桐的肩膀。

"那我可不敢当。"

"总之，不管以什么样的方式，我们以后要多走动，多来往，听到没有？"芋头下意识地拿起酒杯，但只是闻了一下酒香，并没有喝。

"知道了，我还要多向你学习呢。"吴桐笑着答道。

这句话确实发自肺腑，他很羡慕芋头的成熟，也很佩服他坚定的生活态度。吴桐相信，自己在历尽千帆后，也一定能成为这样的人。

"其实，我们每个人来到这人世间，都是带着自己的使命的。"芋头喝了一口酒，接着说道，"这使命，没有高低贵贱之分。有些人看不起扫大街的环卫工人，可城市的运转能少得了他们吗？这个城市少不了任何一个人，每个人都是有价值的。所以，我们都要活好自己的人生。"

吴桐点了点头，芋头的话让他的心情好了不少。

见芋头又闷头喝起了酒，吴桐自顾自地环顾了一圈房间。

"《素书》？"

右侧桌上的一本书吸引了吴桐的注意。

"这是我一眼就看上的书,但是很遗憾,我怎么读也读不懂。"芋头将《素书》拿到手里,轻轻地抚摸书的封面。

"这书里写的什么?"

"道、德、仁、义、礼,"芋头若有所思道,"这几个字,说起来好像很容易,但如果想做,就不那么容易了。"

"所以,才要活好自己的人生,又没有下辈子。"吴桐呢喃了一句,说完又发觉,自己和芋头好像不在一个频道上了。

看着窗外天色渐晚,吴桐决定告辞了。

"明天我还要早起,就先回去了。"

"行,你明天有路要赶,我也不留你了。等你回来后,咱不喝酒,好好地品一回茶,到时候,我把我珍藏的金针银针和白月光都拿出来,再用我那套轻易舍不得拿出来用的汝窑,到时候,我让你看看什么是上好的开片茶具。"

吴桐听了,满心欢喜地回答道:"那我尽快回来,跟你一起品好茶。"

"尽快不尽快随你,但是我们这样的人,喝茶确实更适合。"芋头向吴桐摆了摆手。

吴桐从芋头的院子里走出来,回想着芋头的话,觉得生活确实能让人成为哲学家。

七

吴桐回到住所,收拾好行装。原本想早早睡下,可是,他又失眠了。

吴桐在床上翻来覆去地睡不着，最后，不得不起身在房间里四处转悠。

明明过不了多久就会回来，可吴桐就是有一种难以平复的心绪。

他不禁认真观察起这座老宅，发现门厅附近有几处非常明显的雨痕，有的顺着屋檐向下，有的在墙角的缝隙处，大多数痕迹时间比较久远了，但也有一两处新添的印迹。夏天下暴雨时，雨滴应当会沿着屋檐的缝隙向下低落，使得这些印迹变得很深。

这让吴桐联想到自己的人生。从小到大的很多事，看似都随着时间的流逝成了过往。事实上，在某一刻回首，会发现那些心情和感受就如雨的印迹一般，早就深深印在了他的脑海里，有时不经意地提起那些事，熟悉的感觉又会再次涌上心头。

就像院子里的那棵枣树，吴桐第一次见到它时，它是枝繁叶茂、生机勃勃的，如今虽已凋零萧疏，但吴桐依旧能记起初次见到它时的欣喜。

吴桐看着被寂静包围的屋子，处处都是他生活的痕迹，深觉自己已经与这里建立了深深的联系。也许，这座宅子也是他不想离开的原因之一吧。

吴桐走到桌前，拿起铅笔一挥而就，一件又一件具有东方韵味的衣服被描绘了出来。

他又用新竹和彼岸花作为点缀，画在衣服的衣襟和袖口处。

新竹蓬勃向上，象征着新生；而彼岸花，则象征着无望的爱和思念。

吴桐摸了摸画稿上的彼岸花，艳丽的红色，带着魅惑的风情，与碧翠的新竹，形成了鲜明的对比。

他完全可以断定，今后自己设计衣服必定会对这两种颜色情有独钟。

翻开画稿的第一页，是那条橘黄色的长裙。时间好像过去了很久，但是，吴桐依然可以从这些色彩里感受到温暖和希望。

吴桐又翻开了第二页，第三页。这一刻，画稿上承载的所有记忆都如电影一般在脑海中放映。

吴桐将装订好的设计图册，包括那两条获奖的长裙，都放到随行的包里。他迫不及待地想拿给爸妈看看，因为这不仅仅代表了荣誉，更是记录了他一路以来的点点滴滴。

不管是好的还是不好的，他都愿意分享。

八

清晨，吴桐早早地起床了。

好不容易才下定决心要回家，他不想因为任何变化打乱自己的步伐。尤其是卡卡已经被芋头领出去玩了，现在，无疑是离开的最佳时机。

吴桐收拾好行李，锁上了院子的大门。

走出巷子之前，吴桐又想起了虞美儿。上次展会分别之后，他们就没有再联系过了。对于虞美儿会不会回复自己短信这件事，他已经暂时放下了期待。

吴桐很怕虞美儿窥见自己的狼狈，更怕自己会因为盲目的爱，而丢失了理智和自尊。

他一直小心翼翼地维系这份感情，却还是得不到想要的结果。

是因为他不够勇敢吗？

"卡卡有我，你就放心吧。"

吴桐的思绪被一个熟悉的声音打断。

他抬头一看，原来是领着卡卡出去遛弯的芋头。

"这么早？我走的时候就怕见到卡卡，但是……"

"我也是怕你离开的时候舍不得它，没想到，这还真遇见了。放心吧，我会照顾好卡卡的。"

两人寒暄了一会儿，互相告了别。

吴桐看着芋头和卡卡离开的背影，心情瞬间低落了下来。他也说不清，究竟是因为看到了卡卡，还是因为想起了虞美儿。

吴桐决定，从县城回来后就找虞美儿好好谈一谈。

不管结果是什么，他想给等待了这么久的自己一个交代。

九

吴桐走进了火车站的售票大厅，这一次，他没有犹豫，径直走向售票窗口。

"你这是要去哪儿？"

一个熟悉的声音从吴桐身后传来，吴桐转过头一看，居然是虞美儿。

吴桐简直不敢相信自己的眼睛。

"我回家看看，你这是要去哪儿？"

"我与你同路。"虞美儿沉默了一瞬，慢悠悠地回应了吴桐。

"这么巧？"吴桐感到难以置信。

"没想到，我们这么有缘。"虞美儿淡淡地答了一句，在吴桐之后买了相同车次的票。

"真是没想到。"吴桐在心里嘀咕了一句，他惊讶于自己和虞美儿的缘分，但不好在女孩面前表现出来。

吴桐不知道该和虞美儿谈论什么话题了，毕竟从上次展览会之后，虞美儿就没有接过他的电话，回过他的短信。他本该在这个时候问清原因的，他也确实很好奇原因，可又怕虞美儿误会他在责问。

两人没有再说过话，直到他们坐上火车。

"你怎么一直不说话？"吴桐终于忍不住问虞美儿。

"我不知道该说什么。"虞美儿转过头看向吴桐。

眼下这种尴尬的境地，吴桐不知该怎么形容自己的心情，他紧张得心都快要从嗓子眼里跳出来了。

他很想将自己的真实想法全部告诉虞美儿，可在这种场合又显得过于随意。他思考了一会儿，还是决定先聊些别的什么吧。

"你家，还有我住的地方，离远了看，多好看。"

吴桐将视线转向窗外，发现火车经过的地方，正是虞美儿的西迟老宅。此时，整个西迟在蔚蓝的天空下显得无比安静祥和，四处都覆盖着皑皑的白雪。

"等我快下车的时候，你就能看见我家的苗圃。"吴桐对虞美儿说。

"你家的苗圃？你家还有苗圃？"虞美儿转过头来，眼神中带着讶异。

"有很大一片，这个时候虽然也很好看，但是不如春天花开的时候，不过，能看到松树。"

"松树？什么意思？"

"这个时候，只有松树是绿色的。"

"应该是。"虞美儿点头附和吴桐，之后便不再说话了。

吴桐陷入了沉思，他回想起了自己儿时的岁月，有时会与同伴们在苗圃里追逐玩乐，有时也会独自躺在田野间做白日梦。闻着青草香、花香、泥土香，看着绿苗由抽芽到长成参天大树，看在不同季节里绽放的花朵……不知不觉，在这样的四季轮回中，吴桐长大了，也离开了。

再然后，他来到了有虞美儿的城市，由陌生到相识，再到眼下的近在咫尺。吴桐只觉得冥冥之中老天自有安排。

"你在想什么？"虞美儿问。

"我在想……"吴桐支支吾吾，欲言又止，"那个苏杭……"

吴桐还是问出了自己想说的话。

他鼓起勇气继续说下去："那个苏杭，你们俩？"

尽管吴桐很在意虞美儿的回答，但他还是尽量让自己显得随意，看起来好像只是无意中提到一样。

"苏杭？我和他？"

虞美儿惊讶地看向吴桐，片刻之后，她像是明白了什么，立马露出了不高兴的表情。

"干吗跟我提他？"虞美儿心不在焉地说，"他们都说他是国外留学回来的，肯定有前途，但是，我不那么看。"

"为什么？"

"去国外留学不是坏事，能多见世面、多学知识，可如果不能把国外学来的知识用在正道上,而仅仅是到处炫耀自己镀过金,我并不欣赏。"

虞美儿的这番话让吴桐很惊喜,同时虞美儿对苏杭的态度又让他感到庆幸。

"干吗那么看我?"虞美儿读出了吴桐眼神中的诧异。

"我是说……"

"干吗这么大惊小怪的样子,都已经是有女朋友的人了……"

"有女朋友的人了?谁有女朋友?"吴桐不知道虞美儿为什么会这样说。

联想到展览会之后,虞美儿不回复自己短信也不接听自己电话的行为,吴桐才恍然大悟。

"你以为吴茉是我女朋友?"

"公开场合那么亲热,不是女朋友还能是谁?"

虞美儿说话时根本没看吴桐,而是将视线转向了窗外,好像在有意逃避着什么。

"吴茉是我堂妹,是我叔叔的孩子。她一直说要来城里,我因为生意不好一直没理她,没想到那天在展会上遇见了……"

吴桐像竹筒倒豆子一般,急切地想向虞美儿解释清楚,他完全没想到,那天和吴茉的举动居然引起了虞美儿的误会。

半晌之后,虞美儿低着头回应:"嗯。"

虽然她没有看向吴桐,但吴桐从女孩精致的侧脸上看到了上扬的嘴角。

吴桐突然意识到,虞美儿不给自己回电话,原来是因为吴茉。

所以,她是在吃醋吗?

吴桐偷偷地看了女孩一眼。

十

虞美儿的电话铃声响了。

"我妈打来的电话。"

虞美儿盯着来电显示，迟迟按不下接听键。

"怎么不接？"吴桐不知道为什么虞美儿对夏沐兮的电话这么犹豫。

片刻后，虞美儿接起电话，脸色逐渐由开始的不耐烦变为紧张凝重。

"你说什么？老房子着火了？妈……"

也许是事情发生得太过突然，虞美儿还想追问，夏沐兮却已经挂断了。

"老房子着火了？"吴桐也开始着急起来。

"是啊，刚才看到时不还好好的？"虞美儿惊慌失措地站起身，"完了，这老房子要是着火了，你就没法住了。"

虞美儿拿起电话回拨过去，可是无人接听。

"我能不能住不重要，着火这事更重要，咱俩下一站就下车。"吴桐试图让自己能冷静来，"下车后打出租车回去，这样能快一些。"

"问题是……"虞美儿听了吴桐的话，叹了一口气，无可奈何地说道，"问题是，你不是要回家吗？跟我下车算怎么回事？你还是回家吧，我自己回去，如果真着火了，你回去了也没用啊。"

"可是……"

吴桐努力回想是不是自己在走之前疏忽了什么,才引起了这场火灾。

他拿出手机,迅速拨打了芋头的电话,可是同样无人接听。

吴桐发现,此时火车即将进入站台了。

"肯定是我急着要走,哪里疏忽了,不然不可能着火。"

吴桐的心里越来越焦躁,他无法控制地拉起虞美儿的手,往车厢门口走去。

"你也不用太着急了,我妈能给我打来电话,就说明她没事,而且电话显示的是无人接听,就说明她的电话也没问题。"虞美儿看到吴桐越来越自责的表情,忍不住安慰道。

两人在路边拦出租车时,虞美儿像是想到了什么,突然情绪激动起来。

"糟了,吴桐,你给我做的那两条裙子!还有你的那些设计图!这可怎么办哪……"

"你说什么?"吴桐有些不相信自己的耳朵。在这样危急的时刻,虞美儿居然还惦念裙子和设计图。

"也是怪我,昨天我本想去你那儿把那两条裙子拿回去,我都到门口了,最后又离开了,"虞美儿沮丧地对吴桐说,"都怪我。"

"可我一想到你女朋友那么喜欢那裙子,我怎么好意思再去拿,所以……"

虞美儿的眼角出现了泪花。

吴桐本想伸手帮她擦掉,可看到一辆出租车停在了他们身边,他又颤抖着收回了手。

十一

"我是说……"虞美儿看着窗外叹了口气,失落地说道,"现在说什么都没用了,都已经晚了。"

吴桐知道,虞美儿口中的"女朋友"指的是吴茉。他也终于知道,虞美儿反常的原因,原来一直是因为自己。

吴桐感觉周身热血沸腾,有一种热烈的情感快要从他的身体里冲出来。

他努力抑制住激动的心情,颤颤巍巍地从包里拿出设计图册和那两条裙子,放在了虞美儿的手里。

"都归你了。"

"什么?"

"你担心失去的'纸上书'。"吴桐又补充了一句,"还有永远都属于你的获奖作品,我都拿出来了。"

"'纸上书'?获奖作品?什么意思?"

虞美儿瞪大了眼睛,迫不及待地翻开设计图册。

"背面还有。"吴桐示意虞美儿。

"'只为一支蒹葭'。"

虞美儿看着背面的字,半晌之后才合上图册,不紧不慢地说道:"我妈说得没错,你确实是个人才。"

"你妈这样说过我?"

"对呀,这样的话,我爸也说过。"

"你爸?"吴桐更不敢相信自己的耳朵了。

"干吗用那样的眼神看我呀?"虞美儿将手里的图册举到吴桐

面前道,"你不仅是个人才,还是个天才。"

"谢谢你。"吴桐由衷地对虞美儿说。

困扰了他不知多少个夜晚的问题终于有了答案。

他也终于知晓了虞美儿对他的心意。

十二

"到西迟了。"虞美儿用手指了指车窗外。

吴桐有些感慨,没想到兜兜转转,还是回到了这里。

或许这便是牵绊吧。

吴桐看向身边的女孩,她皱着眉头,不安地朝老宅方向张望,她的手紧紧地抓着手机,指尖因为太过用力而微微发白。

她此时是那么脆弱,就像一块摇摇欲坠的琉璃。

恍惚间,吴桐很想要保护眼前的女孩,或者说,他想被眼前的女孩所依赖。

安全感,这个连他自己都很匮乏的东西,他却想分给虞美儿。

十三

出租车在老宅的院门口停下。

"吴桐,你好好看看,是哪里着火了?"

吴桐从车上下来,觉得很纳闷。

一切都和自己离开时没什么两样,既没有烟雾的味道,也没有被灼烧的痕迹。

两人站在院门口观察，这时不知哪里传来了吵嚷的声音。

是芋头与夏沐兮的声音，还有咚咚的敲击声，像是在摧毁什么东西。

吴桐想要推开院门走进去，却被虞美儿拉住了。

"等一下。"

"他俩在干吗？"虞美儿不解地问。

"好像是在拆那砖墙。"吴桐说。

"问题是，哪里着火了？"

两人疑惑地在门外徘徊，而院里夏沐兮与芋头的争吵声越来越大。

"知道我为什么不说话了？"夏沐兮问芋头。

"我要是你，有本事离开，就再也不回来。"芋头一边气呼呼地拆围墙一边对夏沐兮说，全然不知吴桐和虞美儿正站在院门口。

听到芋头的抱怨，夏沐兮抬起脚使劲儿踹了一下墙垛，一些松动的砖土唰唰地脱落到了地面。

"我知道了，家里根本就没着火，是他俩的老毛病又犯了。"

虞美儿站在原地，长长地叹了口气，愤懑里带着些淡淡的忧伤。

吴桐有些心疼，又不知该如何安慰。毕竟都是与自己有关的人，他用何种立场插手好像都不太合适。

"我如果是你，这墙，我既然已经砌上了，就一辈子都不可能再拆，你难道不嫌费劲儿？"

夏沐兮更加气愤地指责芋头，这让吴桐觉得很为难。

吴桐不禁瞥了一眼虞美儿，虞美儿此时正面无表情地旁观着夏沐兮和芋头，看不出任何想法。

"这才叫人间少有的一对怪物。"虞美儿撇了撇嘴巴。

虞美儿的这句话,让吴桐想到了芋头与夏沐兮的那些过往。彼此间性格不合,兴趣也不相投,却因为是邻居而不得不打交道,所以日子过得鸡飞狗跳。好在芋头还是选择了退让和包容,他们邻里间才获得了暂时的安宁。吴桐想起了在芋头家里见到的那本《素书》。或许,芋头在那本书里悟到了真正的人生哲理,也未可知。

"怎么办?"虞美儿摊着手问。很明显,她也对眼前的局面束手无策了。

"还是进去问问吧。"

吴桐的脚刚踏上台阶,就被虞美儿拉了回来。

"你不回家看看?"吴桐有些不理解虞美儿的举动。

"遇到他们这样的父母,不是一般的命苦。"虞美儿忍不住抱怨。

吴桐上一秒还在思索如何处理此事,下一秒脑子里就只剩下震惊了。

"他们这样的父母?什么意思?"

"吵架的那两位,一位是我爸,一位是我妈。"虞美儿不以为意地笑了笑,"我说,你在我家住了这么长时间,不会还不知道他俩是夫妻吧?"

"不知道。"吴桐头摇得像拨浪鼓。

他很难接受自己在这里住了这么长的时间,与他们打了这么多交道,却连他俩是虞美儿的爸妈都不知道。

虞美儿将自己的脸靠近吴桐,注视着吴桐的眼睛,想辨认他言语的真假。

吴桐别扭地移开视线,若有所思地喏嚅:"你爸说他叫'芋头',

你姓'虞'。"

"那是我妈给我爸起的外号，是说我爸的脑子不开窍，一根筋，还说我爸不懂她的心。"

虞美儿说完，掏出手机走到另一边："你等着，我先给我妈打个电话。"

第一次拨打时，夏沐兮依然没有接听。

"见没见到？两个人吵架可以吵到不接孩子的电话！"

虞美儿不满地向吴桐抱怨，然后又拨了一次。

这次终于拨通了。

"妈！你不是说咱家着火了吗？"虞美儿的声音里是满满的愤怒，"你知不知道我接到你电话时，正在火车上？"

"妈，你跟我爸好好过日子吧，不然我真的要被你们俩毁了。"虞美儿说完这句话，将手机移了右边，"还有，你以后能不能不这样说话，你一句气话说完了，我时刻都在崩溃。从今往后，我不可能再站在你那边了。你的各种不容易、不开心还有那些不满，都不要再跟我倾诉了。我再也不想当你情绪的垃圾桶了。"

虞美儿本想挂掉电话，犹豫了一下，还是继续说了下去："妈，这些年，我就是因为你的各种不容易跟着你，不理爸爸，但是我已经长大了，我也会辨别是非了，我不能永远跟你这样了。从今往后，你自己的梦就自己圆吧。"

虞美儿不等对面回答，义愤填膺地挂断了电话。

吴桐作为一个局外人，自知不好插手别人的家务事，便只是默默地站在一旁。在虞美儿这里，他不想纠结谁对谁错，哪怕虞美儿是任性的，他也愿意包容这种任性。

"咋办？我送你回火车站吧？"虞美儿一脸歉意地看向吴桐。

"我回不回火车站都没关系，但是你别生气了。"

吴桐只恨自己嘴笨，不会安慰别人。但转念一想，又觉得在亲情面前，怎样的安慰都很无力。

吴桐想起自己也常跟父母发生争执。他深知人生中的很多事，只靠是亲情无法解决的。

"我们先去吃饭吧。"

吴桐觉得，这种时候自己唯一能做的，就是转移虞美儿的注意力，将她从低落的情绪中拉出来。

"去他家，怎么样？"

吴桐用手指了指虞美儿身后不远处的小酒馆，是那个中秋夜吴桐与虞美儿不欢而散的小酒馆。

"这人生……"

虞美儿看了酒馆一眼，又看了吴桐一眼，表情复杂。

"这就是人生。"

吴桐也觉得，这人生不可思议的地方，就在于好像冥冥之中早有安排，所有看似巧合的事情事实上是一种必然。每个人出生的那一刻，自己的剧本就已经写好了，我们只需要按照剧情的走向，一步步地将故事从开头演绎到结局。

关于未来，剧本里究竟又是怎样书写的，吴桐也不知道。他只知道在当下，他想和虞美儿一起吃饭，想给她关心，想让她快乐。

他像是跌进了一片关于爱情的湖泊，不想上岸，只想安静地沉沦。

十四

"你猜,我妈刚才对我说,是因为什么才让她回的老房子?"两人在小酒馆里刚点完菜,虞美儿便神秘兮兮地凑了上来。

吴桐不说话,只是笑着示意虞美儿继续说。

"我妈说,宠物店老板看见我爸领着卡卡出去玩了。"虞美儿说话时,眼神里透露出难以置信。

"卡卡是我托付给你爸的,我想我很快就能回来,就没去麻烦你们了。"

"这就是个天大的新闻了。"

虞美儿将筷子突然拿起又突然放下,这个动作使得吴桐觉得虞美儿和芋头太相似了。

"啥意思?"吴桐好奇地问。

"他们俩之间的矛盾一直以来都不少,卡卡算是其中一个。"虞美儿喝了一口水,继续说道,"卡卡以前是流浪狗,它在一个暴雨天跑进我家院里,就再也撵不走了。可是我爸那个人,偏偏就挑理,说我妈宁可收留一条流浪狗,也不肯好好地对待他。"

"现在你知道你请客的那次,我为什么离开了吧?"虞美儿无奈地翻了个白眼。

"知道了。"吴桐笑着回答。

"我爸因为卡卡,不只是挑我妈妈的理,也说我,对狗比对他好,其实根本就不是那么回事。"虞美儿说完,又替卡卡打抱不平,"卡卡是动物,我爸,好歹算个艺术家,却跟狗一般见识,所以我妈就一气之下搬到我那儿去了。"

虞美儿说着说着又叹了口气,仿佛想起了更多不愉快的事。

"你是不知道我妈搬到我那儿去以后,我过的是什么日子。"

"知道,把你当成她情绪的垃圾桶,你刚才已经说了。"

"所以,当时我见到我爸的时候,我有多生气,你根本不知道。那边,我妈在家里掉眼泪,这边,我爸没心没肺地跟邻居喝酒,你都不知道,我当时跑到大街上,一边走一边哭。"

虞美儿回忆起当时的孤立无援,越说越气愤。

而吴桐只是静静地看着她,听她对自己滔滔不绝地述说生活的烦恼和不如意,观察她脸上的表情,体会她当时的心情。

他很喜欢做虞美儿的倾听者,并且因此而快乐。

十五

"你在想什么?"

虞美儿见吴桐盯着自己目不转睛,用手在他眼前晃了晃。

"其实,我当时在酒馆的做法也不对,可是你想啊,让一个外人跟着参与一个家庭这么多年都没能解决的问题,那肯定是不合适的。但是,我真的没想到,竟然是这么回事。"

虞美儿露出了苦涩的笑容,吴桐还是第一次在她的脸上看到这种表情。

"其实,当时你走了,你爸也走了。你们都走了,就剩下我自己了。"

吴桐回想起当时的场景还是有些委屈,但是内心已经没有了埋怨。

"如果都不离开,肯定会更尴尬。"

"嗯嗯。"吴桐点了点头。

吴桐看到虞美儿的眉间依然有散不去的阴霾，心想一定是因为旧事重提，使得她想起不好的回忆。

吴桐想安慰虞美儿，于是伸出自己的手腕。

"这是用你家枣树上的枣核做的，是你爸爸送给我的，你爸他人挺好的。"

吴桐知道自己的话并不能改变什么，只是想把自己认识的芋头说给虞美儿听。

"这就是我爸和我妈不一样的地方。"虞美儿说，"有的人重情重义，有的人注重细节。"

吴桐不知道自己该如何评价，毕竟对于他来说，无论是虞美儿的爸爸还是妈妈，都曾对他有过鼓励和支持，是他日后必定要回报的贵人。

"不说他们的事了，他们有他们的人生，我有我的未来。"

虞美儿主动结束了这个话题，比起囿于过往，她希望自己能有一个新的开始。

吴桐看着这样的虞美儿，有些抑制不住自己的冲动，好像随时都能脱口而出"我爱你"三个字。但此时吴桐不得不将这种冲动及时抑制住。

现在还不是合适的时机。毕竟，爱意不是随随便便就能说出口的。

来日方长。要与虞美儿一起走的路还长着呢，要与虞美儿一起做的梦还多着呢，不急于这一时。

吴桐这样一想，竟然自顾自地笑了起来。

"你笑什么？"

吴桐抿着嘴摇了摇头，没有回答。

他很庆幸自己能和心爱的人走进彼此的内心。这份日积月累的欢喜，就像一粒种子被埋进了心田。

这粒种子，会在岁月的风雨洗礼中生根发芽、开花结果，然后繁殖出更多的花果。而吴桐，则是这花园中的园丁，守护自己的所爱，让它们在呵护中，成为每一个季节中最美丽的景致。无论它是花瓣纷飞，草木凋零，或是被皑皑的白雪覆盖，他都会不离不弃地坚守。

吴桐相信，爱会让他成长，而成长之后，他又会更加强大，更有力量去守护这份爱。

"你到底在笑什么？"虞美儿不满地噘了噘嘴，"没想到，你居然是个这么爱笑的人。"

"我也没想到。"

吴桐确实搞不明白，自己怎么就不像自己了，不仅笑得比以前多了，说话前也会顾虑更多。比如吴桐想对虞美儿说自己很羡慕她爸爸的性格，直率又豪爽，刚烈又执着，还不乏铁汉柔情的细腻。吴桐还想说，自己很佩服虞美儿的爸爸，在如此漫长的人生中，追求艺术的心还能保持始终如一的坚韧。可吴桐不知道虞美儿对她的父亲是否还抱有偏见，于是这些话他只能藏在心里。

吴桐想起了自己的爸爸，是个固执到说一不二的人。比如吃面，要吃刀削的，滚水煮，没有油星的纯水面，还美其名曰这样才能吃到纯正的面粉味儿；吃青菜，要吃爽脆的、大叶的、薄而透明的，因为他觉得这样的食物才有自然的味道。

"我妈这一生，就因为我爸年轻时家境不好，没与她办婚礼，没让我妈穿上她要穿的嫁衣，就一直郁结于心。她这一生就不停地抱怨来抱怨去，到头来，什么问题都没解决，还搭进了我和我爸的父女之情。"

虞美儿说完，自言自语般嘟囔了一句："都说要听妈妈的话，我听了妈妈的话，到头来，他们也没有幸福。"

虞美儿像是还有很多话要说，但却停下不再说了。

"他们之间的事，与你无关，你别背负这么沉重的包袱。"吴桐心疼地望着虞美儿。

"其实，我做得也不好。"

听到虞美儿这么说，吴桐感到鼻子一酸，他恍然想起，自己在和爸妈的相处中，好像常常忽略他们的感受。

"在这一点上，我不如你，但是我觉得，我们最好是……"吴桐笨拙地组织语言，好让虞美儿更好地理解他的意思，"我们尽量改正自己。"

虞美儿的眼里闪着光，笑着点了点头。

十六

吴桐与虞美儿走出酒馆时，发现又下雪了。

雪花柔柔地落在他们的头上、肩上，又被他们轻轻地拂去，只留下凉凉的触感。

这个雪夜好像没有那么寒冷了。

他们走在比往日热闹很多的街道上，还买了红灯笼、红蜡烛和红对联等象征喜庆的物件。吴桐看着身边的虞美儿，觉得此刻自己对于未来有无限的憧憬。

这憧憬,一如浪花般奔涌,繁星般璀璨,似森林深处的雾霭绵延,饥寒交迫后的冬日暖阳。无论怎样一番景象,都是极致的美好,让吴桐在美的包围中再创造美。

人们总是赋予爱情诸多美好的词汇,比如地老天荒,比如至死不渝,比如白头偕老……此刻,吴桐的灵魂深处,也生发出独属他自己的诗情画意:

绕醉玉如雪的山脉
借几许朗月的光
掬一捧昆仑深埋的白
拾一些落柴
融成水润的琼浆
给心田滋养灌溉
再煮一碟余韵的馨香
置放于窗台
变成天天有你的存在

篱墙内有心欲飞翔的翅膀
借靠你崇山一样的坚强
当我的拐杖
用你执着的信仰
架盟约的桥梁
用你的能量
压下所有无用的无常

绣成一件炫美的华服霓裳

随手挂到能通未来的方向

既可以穿到身上

也可以锁进心房

让念念不忘的终极渴望

在哪儿

都能变成暖阳

并将这一生一世的痴狂

全都演绎成旷世无双的绝唱

人生再长又怎样

根本不畏天地荒凉

爱无疆

只要有你在

又何惧昆仑的雪冷

以及岁月的单调绵长

只几许温暖

便可以成全这尘世仅有的幸福鸳鸯

不一样的色彩

却变幻成了相同的爱

与相同的被爱

"你怎么不笑了?"

虞美儿见吴桐呆呆地一动不动，就碰了碰他的手臂。

吴桐许久才缓过神儿来，不解地望向虞美儿。

"你好像在沉思的时候，总会莫名其妙地笑。"虞美儿认真地看着吴桐的眼睛。

"我确实在沉思。"

吴桐觉得，世间的人虽然无法决定自己的生死，但是可以选择怎样活着，或者说与谁共度余生。

对于虞美儿，吴桐不想给她那些"说说而已"的所谓承诺，吴桐更想付出一些实际的行动，比如亲手为她制作长裙，为她做饭，或是每天清晨的一句"早安"。总之，吴桐不想局限于口头上虚浮的海誓山盟。

"你怎么不说了？"虞美儿看着吴桐追问道。

吴桐没有回答，而是看向天空中纷飞的大雪。

他觉得天上的每一朵雪花，都代替着自己，在做一种无言的述说。

是说："有你在我身边，我才想笑。"

是说："有你在我面前，我才不说。"

但是在这样的时刻，这语言显然太过俗套，所以吴桐只是沉默地望着。

"你这个人可真怪！"

虞美儿嘟起了嘴，佯装生气。吴桐看着虞美儿的表情，只是笑了笑。

这世上的誓言多到铺天盖地，但是到头来，却不如一句实实在在的"我爱你"。这句"我爱你"的期限能有多久，没人知道，至少在说出的那一刻，人们将真心剖开给了对方。吴桐不想给自己的爱加上固定的期限，他只想在有限的生命里用力地去爱。

吴桐看了一眼身边的虞美儿。他们的相爱，就是由一个又一个的偶然组成的必然。而此刻的一切如此真实地存在着，发生着，让吴桐感到幸福的同时，又害怕这幸福会在眨眼间溜走。

吴桐想，在未来的时日里，他会用自己的方式守护她，给她自己所能给予的全部关怀和包容。

"虞美儿，我回老家时，可不可以邀请你？"

"邀请我？"虞美儿语气中透露出难以置信，可脸上分明带着笑意。

"就像原来那样，一起买票，一起进站台，一起上车，然后，一起下车。"吴桐注视着女孩。

"其实，如果没有我妈在路上打来的电话，我还真有可能跟你一起下车，去看看你家的苗圃，看看你喜欢的那些松树。"

"你知道松树为什么到了冬天还是翠绿的吗？"吴桐问。

"不知道。"虞美儿说。

"是因为它的叶子太小，个个像针一样，水分蒸发得很少很少，最重要的是，它们特别会为自己积蓄能量，冬天别的树都枯萎了，只有它们，靠着自身的养料，在冰天雪地中，仍能安然地过冬。我非常喜欢它们，它们非常顽强，有一种不屈服的精神和力量。所以，即使你不说，我也想找机会邀请你去我家苗圃，看看那些我也很想念的松树。"

吴桐几乎没给自己任何喘气的机会。这是他第一次主动向人敞开心扉，第一次发出盛情的邀请，第一次将自己的真心展现得一览无遗。

带着表白的决心,坚定而义无反顾。

这态度仿若一面镜子,让吴桐看清了自己的内心,让他意识到,爱上一个人,原来就是这种感受。

那个总是在吴桐梦里出现的人,最后一步步地朝他走了过来。那些梦里的场景,也终于不再是虚幻的泡影。

一纸一书
——浅谈长篇小说《纸上书》

文／千寻

缘，一字了得。

听闻和李瑞雪老师合作的长篇小说《纸上书》即将出版，在欣慰之际，又有很多发自心底的感慨。我们于浮躁中，想每天安静地坐在一角去写一部长篇小说是多么不易，窗外的一切就很难让我们静心。看春的繁花落满天际，听夏的鸣蝉追忆童年，闻秋的浆果香飘田园，赏冬的白雪散落河山。晴天的阳光、白云以及飞鸟，在眼眸中来或隐退，或者植入泥土滋生出花或草还有那参天的大树。阴天的微风或细雨以及忧郁，也能触及我心深处。仿佛是因为感触太多，对文字才从那种敬畏的仰望走向了亲切的抚摸。即使一部长篇写成，但要付梓出版却谈何容易啊！种种原因使得出版一本书，似乎成了一种奢望。无疑，我和李瑞雪老师是幸运的。

长篇小说《纸上书》源于我作词的那首歌曲《纸上书》，被李瑞雪老师的慧眼发现。她说这么好听的歌，这么美的词，如果不用一部小说去支撑的话实在是可惜了，于是便有了这部小说最初的萌芽。

这件事应该是从去年秋后开始的。从大纲、人设，到终稿，以及对接出版社的签约事宜，李瑞雪老师付出太多的心血了，也耗费了她大量的时间和精力。但值得高兴的事，就是这部书终于快要迎来了出版。

回望这几年的时间里，和李瑞雪老师已经合作了几部作品了，每一部作品从最初的创意到最后的出版，都离不开一个"缘"字，似乎每一部书从萌芽的时候都是有点故事的，然后诞生出每一部它该有的起因、经过和结果。这世间的人和人、物和物、人和物都离不开缘，这种缘于最终结果来说，不管是善缘还是孽缘，似乎都是命运已经提前安排好的，谁也逃脱不了。

这一路走来，一如本书的主人公吴桐，经历很多艰辛，却又不放弃自己的追求，在任何困苦的境遇下，也一直把梦想装在心中，并坚定不移地一步一步朝着梦想的方向走去。

我是幸运的，但远比不上主人公吴桐。吴桐在某座城市待了多年，他在火车站想买票回家的时候，无意中捡到一沓信，他追了过去，但掉信的那个姑娘已经离去。他阴差阳错地租房，房东竟然是在车站掉信的女孩虞美儿。经过后面一系列的事情，两人有了恋爱的感觉，吴桐实现了他的梦想，虞美儿也达成了她的心愿。在吴桐和虞美儿之间，有过一些误解，但两人却都欣赏着对方身上的优点，有机会的时候还相互搭台、成就，这也许就是人和人之间交往的最大价值了。记得前不久我发了一条朋友圈，和赋能的人交往，远离负能的人。是的，人生本来就那么短暂，要做的事情又那么多，总感觉一天的时间都不够用，而你交往的人是给你增加能量还是减少能量，这完全取决于两人在三观和认知上是否同频。我们常常会感觉和一些人在一起就是愉悦，还能学到很多东西，增长一些见识；但同时也会觉得和一些人在一起就是不舒服，不但什么也学不到，还会让自己卷入内耗中。

生活中，我的态度是积极和阳光的，没有必要对生活做出苦大仇深的样子。我们出生于什么家庭、地域是不可以凭自己的意愿去选择的，但通过自己的努力，改变居住的地方或是提高往后的生活质量是可以的。

我也常在思考，我终其一生到底在追求什么？我的价值在哪里？这似乎是我从未丢弃过的问题。在越来越年长的过程中，我似乎慢慢地找到了答案，这也是我经历许多事情，经过岁月沉淀后填写的答案。如果曾经的或是往后的作品能给他人带来精神上的享受，灵魂上的洗礼，给人以思考、感悟，我想这就够了。这就算没有白写，没有白坚持，也说明自己做这件事情是有意义和价值的。

本书的主人公吴桐和虞美儿都是有思想、有性格的人，两人也是积极努力的人，虽然家境各不同，但二人依旧为了自己心之所向去拼搏，在城市里寻找属于自己的地方，在人生路上追求属于自己的位置。

当城市走入夜色，当形形色色的人们开启各自夜生活的时候，我还坐在电脑前，敲击着自己喜欢的文字，长篇也好，短篇也罢，皆融入了自己的情感和时间。这些也是一种成本，既然投入了成本，我必然会珍惜。文字都是有生命的，它们也会在生活中给我们不同的感悟。文字是最灵动的精灵，心境不同的时候，读他们的感受也是不同的。

城市的灯火在深夜依旧那么明亮，我把它们都当作我的眼睛，去眺望每一个风吹不到的角落。我也曾像风一样流浪在多个城市，奋勇地往上攀缘，不服输的性格在某些时候是成就了自己的。当我走向阳台看着外面的时候，无人知道我在陌生的城市里寻找着熟悉而陌生的自己。当然，别人知晓与否于我来说无关紧要，起码我明白自己需要什么。这一点我很清楚地记得。有掌声更好，没掌声也习以为常，我的努力并不是由掌声来评判，而是根植在心底的信仰，我要为自己的信仰倾尽余生的执念。

来时路是荆棘满布，去时途一定鲜花盛开。

我觉得自己一个人的时候特别像吴桐，他也喜欢独处。但我从未有过孤独感，听歌、看书、看电影、写字，这些是独处时最高级的东西，是它们让我忘了在物理空间里我是一个人，但在精神世界中我又与它们同在一起，仿佛围坐在一起谈论着种种，分享着喜忧。越来越多的时候，我反而喜欢独处的时光，安静地享受着风从生命的岁月中轻轻吹过，看它吹开花，吹落叶。

吴桐的世界里，有我有的，也有我没有的。他的情感丰富而细腻，单纯而执着，这也是我所追求的。我喜欢单纯的所有，包括情感，虽然这个世界给我们复杂，不给予单纯，但我还是努力地追求着。

我理解这个社会以及现在的人，但不代表我会融入一些环境中去。某些时候，我是不合群的，但我们不一直都这样吗？拒绝和被拒绝，排斥和被排斥。我们一直都在人的丛林中寻找自己的同类，孤独地走在去远方的路上。我们曾嘲笑别人,但也被别人嘲笑。我们要求自己不断地修炼心态,却忽略了人生之路常是坎坷的。

其实吴桐和虞美儿以及书里面的每个人都是很普通的,每个人都要吃一日三餐,也都有七情六欲,但他们都有着正确的三观,知其可为和不可为之事。小说中的人物不对标生活中的谁,但现实远比作品中的人性和环境更为复杂。

不管世间如何,我们唯愿所有的生命都得到尊重,都能够安好,这也算是一份初心。

愿每个人都能在纸上为自己的生命而书。

2022 年 8 月 1 日